RICCARDO AFFINATI

L'AMORE SPIEGATO A DIO

ROMANZO NEL CASSETTO 013

NOTE EDITORIALI - PUBLISHING'S NOTE

Tutto i contenuti dei nostri libri, in qualsiasi forma prodotti (cartacei, elettronici o altro) sono copyright di Soldiershop.com. I diritti di traduzione, riproduzione, memorizzazione con qualsiasi mezzo, digitale, fotografico, fotocopie ecc. sono riservati per tutti i Paesi. Nessuna delle immagini presenti nei nostri libri può essere riprodotta senza il permesso scritto di Soldiershop.com. L'Editore rimane a disposizione degli eventuali aventi diritto per tutte le fonti iconografiche dubbie o per quelle immagini di cui non sia stato possibile reperire la fonte. I marchi Soldiershop Publishing ©, Bookmoon e i nomi delle nostre collane - Soldiers&Weapons, Battlefield, War in Colour e Historical Biographies sono di proprietà di Soldiershop.com; di conseguenza qualsiasi uso esterno non è consentito.

None of images or text of our book may be reproduced in any format without the expressed written permission of Soldiershop.com. he publisher remains to disposition of the possible having right for all the doubtful sources images or not identifies. Our trademark: Soldiershop Publishing ©, he names of our series: Soldiers&Weapons, Battlefield, War in colour and Historical Biographies are herein © by Soldiershop.com.

ISBN: 9788893274432
Title: **L'amore spiegato a Dio** (Romanzo nel cassetto RNC013)
di Riccardo Affinati
Editor: Soldiershop Publishing per i tipi Bookmoon.
Cover & Art Design: L. S. Cristini.

L'AMORE SPIEGATO A DIO

Romanzo

Affinati è uno scrittore nato a Roma nel 1959. In questo romanzo si raccontano le vicende di un insegnante che, allontanato da un ginnasio di città per aver insegnato ai suoi studenti le teorie di Darwin, è relegato in un paesino racchiuso tra montagne e miseria umana. Tutto quello che è qui stampato, trae origine da fatti realmente accaduti, infatti, nomi, tempi, luoghi e persone sono stati cambiati ad arte, ma rimane il fatto che chi scrive ha avuto mistici e assassini al fianco, l'amore crudele come correo e la tragedia come compagna di vita.

INDICE

LE RELIGIONI PRIMITIVE

Una vecchia corriera con marcia apatica ma ordinata, risaliva l'ultima curva di un'ardua carrozzabile non asfaltata. Dove questa si ricongiungeva, dopo una sorta di ponticello di antica manifattura, a una sconnessa strada rotabile. Tra sbalzi e scosse, il ponte, che ivi congiungeva le due rive, pareva che rendesse all'occhio così evidente il passaggio e la trasformazione tra i due paesaggi. Qui, boschi e ombre simili a selvaggi tratturi sembravano dar riparo ad antichi briganti, mentre là, poco oltre il giovane Aniene, la natura si faceva aspra, ricca di rocce ed erbacce cotte da un sole cocente. I tronchi erano differenti, ora faggi, laggiù aceri, da quella parte tassi e faggi; ognuno pronto a ricercarsi il suo spazio, la sua improbabile venatura che, della tinta smeraldo, nulla aveva a che vedere. Semmai era il giallo paglierino, a prevalere, simile al canarino, allo zafferano, all'ocra tendente al pallido, smorto, malsano, itterico foraggio. Il rumore delle acque, che scorrevano intrepide in cerca di una facile via, era coperto dal rombo del motore ansimante e dal gracchiare del cambio, che a fatica ritrovava nella marcia bassa la speranza di risalire lo scosceso cammino. Perfino i pascoli, le fratte, i rovi di more, le macchie si amalgamavano aggrovigliate, in superfici giallognole come zolfo; mentre le case e il borgo, che a ciascuna curva di via ci si aspettava mostrassero la loro essenza, nei pressi di una torre campanaria, oppure di un maniero in rovina, incessantemente ritardavano il loro comparire, posticipando così l'interminabile attesa.

L'uomo, dallo sguardo pensoso, ripreso fiato, con gesto lento si asciugò il sudore con un fazzoletto di una stoffa primitiva, pulito, ben ripiegato, bianco, senza cifre ricamate, di cotone e a buon mercato. Si sporgeva dal finestrino nella speranza di vedere oltre, semmai avesse trovato coscienza della sua meta finale, fiducioso di intravedere il paese o quello che egli sperava fosse un borgo di degna visione. Una croce del Golgota di ferro, arrugginita e corrosa dall'acqua e dal sole, si piantava in profonda roccia, tracimata da una calce di buona fattura, seppur sgretolata. L'immagine del calvario, posta ai bordi della strada, sembrava volesse ricordare ai passanti gli usi e le tradizioni religiose di questi luoghi, professione di fede e umile ricordo dei fardelli della vita quotidiana. I passeggeri osservavano i terreni brulli, disperati e un po' grotteschi, quasi tutti sudati e con abiti dismessi, usurati, logori. L'odoraccio delle carni umane, mescolato all'aroma della frutta, in contrasto con le verdure e gli ortaggi che, invece, si avviavano ad avvizzire, costruiva un'aria pungente; in alcuni momenti irrespirabile, mentre collane d'aglio e cipolle fuoruscivano dai canestri delle donne. Due galline sgraziate e nere come la pece, sporgevano il capo in cerca di refrigerio, serrate in una sorta di scatola di cartone, nel tentativo di sbattere le ali per tentare di fuggire. Nel frattempo la corriera era approdata in vetta a una digradante conca, nel luogo in cui la via rincasava sulla carreggiata principale; dove in uno slargo si levava una casa cantoniera. Si poteva ammirare buona parte di una valle e, in alto, il decorso degli Appennini. L'atmosfera, improvvisa, si era raffreddata; ora un cartello e un bivio ti raccontavano di località vicine, mentre si percepiva che il paese dovesse comparire improvviso e quasi pronto a essere toccato. Da lontano, il verso di un animale domestico, come un ragliare o berciare. Superata la curva, una donna stava immobile lungo la via. Sembrava una giovane contadina, le cui vesti nere contrastavano con lo straccio colorato che portava sulla testa per attutire il peso della conca di rame, ricolma d'acqua e raccolta da una vicina fontana. La corriera rallentò la marcia, il conducente sembrò suonare il clacson come saluto, piuttosto che per richiedere strada o per avvertire del pericolo. La donna alzò lo sguardo e l'uomo ne ebbe visione, di quei neri occhi, di quei capelli corvini, di quelle forme racchiuse in panni così severi.

«Adduve venitè?» chiese la giovane all'uomo che si sporgeva dal finestrino. Ma il nostro individuo non rispose, forse perché sorpreso dalla domanda oppure perché ritroso nei suoi modi, timido e impacciato nel trovare la risposta idonea in una tal situazione. Egli sembrava un maschio forse sulla quarantina, vigoroso, di statura media, certamente non dedito a un lavoro manuale, privo però di quell'eleganza cittadina o di quel vestire che annunciava quattrini e catene d'oro per orologi da panciotto. La corriera proseguì la strada fino a giungere all'inizio del paese, da lì in poi la carreggiata si faceva così stretta da impedire il passaggio del mezzo meccanico. I pochi passeggeri iniziarono a scendere, e anche il nostro uomo si vide costretto a prendere le sue due valige, al confine tra un viottolo e una piazzetta. A ricordo delle memorie storiche del paesino, un cippo di confine tra il Regno delle Due Sicilie e lo Stato Pontificio, dopo essere stato divelto chissà da dove, era stato ricollocato nei pressi della stradicciola. L'uomo fissò quel cimelio e poi cedette al sole, poiché era l'unico maschio a non indossare il cappello e così si mise al riparo delle fronde del solo albero a disposizione. Questo forestiero rimase, quindi, sotto gli occhi dei pochi paesani ancora presenti, che lo guardavano come se non fossero abituati a vedere scendere persone venute chissà da dove e con chissà quali intenzioni. I suoi capelli erano bruni, corti, lisci, stirati all'indietro e con una profonda stempiatura e una barba assai rada, trasandata, come se fosse in viaggio da qualche giorno, senza aver avuto il tempo per trovare un rasoio. Le sue vesti apparivano impolverate, la camicia pulita, la giacca, il gilet e i pantaloni usati, ma non logori, fin troppo pesanti per una stagione estiva nella sua più ampia e florida espansione. Un completo di un fresco lana, adatto a più di una stagione, non certo di un panno pesante. Le scarpe spiccavano confrontate al resto, in effetti, non erano di pelle verniciata, non erano mocassini, ma vere e proprie calzature con le stringhe, stile Oxford. I suoi calzini erano neri, ma ribadire tutto questo non era dire nulla, se non avessimo aggiunto che punzonate e abbellite, l'uomo stava indossando delle scarpe *half brogue* color cuoio. Un principe dell'eleganza le avrebbe scambiate per una scarpa molto classica alla Duilio, ma i tempi non erano quelli giusti, era evidente che l'uomo indossava un prodotto proveniente dall'estero e mai visto in un paesino arroccato lungo la dorsale appenninica. In una mano aveva una valigia di cartone, rinforzata da borchie e saldature in metallo, con sopra incollate una varietà di cartoline di paesi o alberghi, più o meno rinomati. Spiccavano un "Hotel Excelsior" e un "Amalfi", per via dei colori dell'immagine e dei meravigliosi luoghi evocati. L'uomo poteva rendere l'immagine di un venditore porta a porta, ma il suo sguardo vago e neppure un sorriso, fonte questo di nessun possibile tentativo di allacciare rapporti sociali, lo ponevano all'interno di un conclamato caso di tiro a forcella zero. Un vecchio, appoggiato al suo bastone, gli si avvicinò indicandogli il municipio, la cui sede si trovava poco oltre un arco di origine medievale, con la sua piccola e modesta scalinata e una bandiera stinta ma ancora integra. L'uomo sembrò imbarazzato, ma rispose con un sorriso e con un'espressione divertita e seria al contempo, biascicando una mezza frase.

«No, grazie!»

L'aver fallito il bersaglio, sembrò aver sconcertato assai il vecchio, che ritentò il colpo con un'altra domanda.

«Scusatemi! V'nit ra' capitale?»

Il nostro uomo sembrò non volesse rispondere e imbracciate le valigie si apprestava a riprendere il cammino, come se l'ombra gli avesse reso la lucidità necessaria per raggiungere la sua meta. Quando, come se si fosse accorto che non rispondere non era educato, alzando lo sguardo si trovò di fronte lo scempio di un edificio diroccato, sventrato da chissà quali eventi. E così l'uomo rispose con una domanda all'interrogazione che gli era stata rivolta.

«La guerra?»

«O' terremòt.»

«Oh!» disse l'uomo rivolto più a se stesso che al vecchio.

«E il barbiere, dove posso trovarlo?»

«Nun ne ha!» rispose l'anziano.

L'uomo ebbe un sussulto, come se solo ora si accorgesse di essere stato fin troppo ingenuo, nelle sue speranze mal riposte. Egli, intanto, valutava il paese, il quale si dislocava lungo la dorsale di un crinale roccioso, con gli edifici collocati uno accanto all'altro, come in apparente confusa disposizione. Incendi, terremoti e guerre, potevano aver inciso profondamente nel suo rilevante inurbamento, ma preservando stili di vita, tradizioni e consolidati matrimoni tra le poche famiglie rimaste. Il vecchio, fraintendendo il silenzio dello straniero, pur continuando a sorridergli, sembrò rassegnato a non ricevere le informazioni che desiderava avere.

«Nun ne ha di barbieri, ma li avrimmo pristu!» rispose l'anziano.

«Una fontana?» domandò l'uomo appena giunto, con una sorta di malcelata speranza di risolvere la sua incombenza.

Il vecchio orgoglioso, alzando il suo bastone quanto bastava, indicò delle scalette, come a dire che in fondo alle quali avrebbe trovato il suo sollievo. Il nostro maschio, senza cappello, gli sorrise, per non apparire scontroso e recuperare stima nei confronti di una persona anziana, che gli aveva posto delle domande senza avere ricevuto delle risposte. Scendendo delle scalette scalcinate, al nostro uomo, cui, prima o poi, dovremo imporre un nome, venne in mente la prima volta che da ragazzo si era raso. Aveva utilizzato del semplice sapone per le mani, il quale stropicciandolo parecchio si era arricchito di una schiuma densa e, invece del rasoio, la parte avversa di un pettine nero. Il rito di farsi la barba, allora, possedeva ancora uno straordinario fascino, poi col tempo si sarebbe trasformato in una fastidiosa fatica quotidiana. Alla fine delle scale gli apparve un abbeveratoio, dove probabilmente le donne raccoglievano l'acqua e le bestie si dissetavano. L'acqua sgorgava direttamente dalla roccia ed era fresca e di un sapore gradevole e dissetante. In quel momento di pace, intorno non c'era nessuno e l'uomo rapidamente ne approfittò. Dal suo bagaglio a mano, l'uomo trasse un pennello da barba, del sapone solido, un rasoio e un piccolo asciugamano bianco. Con pochi gesti sapienti insaponò il viso, e con altrettanta metodica esperta iniziò a radersi pur non avendo alcuno specchio che lo potesse aiutare. Egli passava i suoi polpastrelli della mano sinistra sulla pelle, mentre la destra che impugnava il rasoio seguiva la mano guida, ripassando più volte nei punti dove ancora sentiva la presenza della barba. Alla fine di quest'operazione estrasse dal bagaglio un piccolo specchietto da taschino rettangolare, e controllò se si fosse tagliato in qualche punto. Ancora non soddisfatto, ritoccò alcuni punti del viso che presentavano ancora tracce di peli, poi, rinfrescandosi con l'acqua gelida del fontanile, ripulì gli attrezzi usati e mise fine a questa incombenza. Soltanto ora si accorse che un bambino lo guardava curioso, celato al suo sguardo in parte da un cespuglio di rovi. Questa creatura, vestita di panni in molti punti strappati, sorrise. L'uomo questa volta ricambiò e dalle sue tasche venne fuori una caramella confezionata in una carta rossa brillante, che fu lanciata in direzione del bambino che la raccolse al volo con occhi ammirati.

«Chi sei?»

«Sono il nuovo maestro!»

2

IL SANGUE DEGLI DEI

Ci fu un tempo che il deserto del Sahara poteva considerarsi un vero e proprio paradiso, un reale giardino dell'Eden, con acqua in abbondanza, dove fiumi e laghi elargivano un clima temperato con bestie di ogni specie, mentre carestia e sete non erano ancora giunte ad appestare una terra simile alla perfezione. Poi i cambiamenti climatici iniziarono la loro lenta trasformazione, provocando un cataclisma geologico e climatico, che distrusse un incanto in terra africana per produrre, attraverso un cammino sommerso, benefici sulle coste nord atlantiche. Al termine delle glaciazioni la nostra Terra ci appariva diversa, ma l'uomo si apprestava alla scoperta dei metalli, mentre le leggende ci raccontano che un grande diluvio distrusse genti tanto fiere e sviluppate da provocare la riprovazione della Divinità. Ogni religione antica riporta tale avvenimento, ma gli uomini si sa che, quando ne ignorano le cause, incolpano Dio. Di una divinità si parla assai prima della venuta al mondo di Maometto, ancora prima della nascita di Gesù, già i sumeri conoscevano il dio Enki e tutte quelle vicende assai simili a quanto poi scritto sulla Bibbia o nel Corano. Sono così tanti i flussi di memoria, di migrazioni e stratificazioni storiche, da rendere assai credibili le invenzioni moderne. All'uomo servì, fin da subito, una religione, anzi più di una; questo accadde perché ogni uomo ebbe bisogno di una propria interpretazione e per paura. Per un uomo, troppo spesso, basta la sua divinità, che è quanto di meglio e comprensibile ci possa essere, infatti, gli dei dovevano essere, all'inizio, cosa semplice e comprensibile, dal nome breve e magari pronti a vivere in luoghi inaccessibili, in cima a montagne e poi sempre più in alto, da dove lanciare fulmini e sciagure. Che tutto questo fluire di pensieri fosse il frutto di chissà quali eventi, io non posso provarlo. Potrei sospettare che essi non appartengano al personaggio, bensì alla finzione messa in atto dall'autore, neanche tale supposizione mi è facile dimostrare. Io credo che sia venuto il momento di far luce su alcuni aspetti, della vita quotidiana, del nostro "eroe". Prima del fascismo la vita di un maestro di campagna era fatta di solitudine e povertà, se si ragiona che il salario dei bidelli poteva superare quello concordato per una maestra rurale. A questo si aggiungevano spesso le calunnie della gente, le rivalità tra colleghi, gli attriti con le autorità locali e gli esponenti ecclesiastici. Doveva ancora [sic] levarsi quell'uomo, che da ex maestro e figlio di maestra, porterà il paese alla guerra, ma risollevando dai porcili la classe degli insegnanti, spingendo però tanti altri davanti ai plotoni di fucilazione, ai confini di paesi sperduti o su isole assolate, fino alla straziante guerra civile. Negli anni venti un ministro gentile aveva mandato a casa tutta un'intera generazione di maestri, pochi ma buoni, si era detto, poi vennero le "leggi fascistissime", ma la didattica rimase quella anche negli anni a divenire. Il nome del paese non mi è noto, eppure lo descrivo così precisamente da farne un principato, perfino l'anno in cui si svolge l'azione, non è dichiarata. Alcune cose mi portano agli anni venti, altre nel dopoguerra, sicuramente non compare il termine podestà, quindi a tutti possiamo dire che non siamo tra il 1926 e il 1945. Un altro indizio potrebbe provenire dai mezzi di trasporto, che ci suggerisce il dopoguerra come riferimento storico. Al momento tralasciamo queste piccole curiosità, ma ci ritorneremo, forse, se ci farà piacere. Torniamo al nostro uomo appena giunto, e dove lo abbiamo lasciato, nei pressi di una fontana da dove ormai si è allontanato.

«Guardavo negli occhi i miei quaranta allievi e mi sentivo solo!» questo pensava Rocco Ardigò, dopo essere stato cacciato da una scuola di città, per spingersi fino a questo rifugio di montagna. L'accusa infamante era quella di aver propugnato e insegnato ai suoi scolari l'ateismo e le teorie di Darwin. Quando la scuola lo allontanò e lo ridusse da insegnante di ginnasio a maestro elementare, la polemica si fece aspra e probabilmente una parte dello Stato, che non era atea e neanche materialista, pensò bene di trasferirlo in un luogo ameno, in attesa di tempi migliori. La sua esile disavventura diventò motivo di discussioni, poi ci s'infilò la politica e allora tutto divenne più confuso, da una parte la destra tirava a licenziarlo, mentre la sinistra lo portava in alto, come simbolo di una rinnovata didattica e di una nuova rivoluzione. Pochi mesi dopo il suo caso era dimenticato, partiva da Bologna per andare chissà dove, trasferito con la promessa che dopo un anno sarebbe stato riabilitato e fatto ritornare in una sede più comoda. Il nuovo maestro camminava verso la chiesa, all'opposto, nei piani alti del paese, si stavano dislocando strane congetture miste a banali questioni. Le autorità del borgo, il sindaco e il maresciallo dei carabinieri, erano a colloquio privato nella stanza principale del municipio. Il caldo faceva sentire la sua potenza, per questo le persiane erano socchiuse per fare ombra, ma con le finestre aperte sulla piazzetta. Dietro la vecchia scrivania, il sindaco, con il suo faccione cereo e sudaticcio, si sventolava con un vecchio ventaglio fatto di paglia, identico a quelli che si usavano in cucina per risvegliare il fuoco.

«Vi teng ricevùt subitò», disse il sindaco al maresciallo, che si asciugò la fronte con un fazzolettone, mentre trovava posto su una larga sedia notarile.

«Allorà simme d'accordò?» domandò il sindaco. «Nun ne pòzzo cchiu' e' agitàrm ppe ognì cchiu' peccerella novità.»

«Siete una persona ansiosa!» approvò il maresciallo con un lieve sorriso. «Ma lasciatemi dire, per il vostro bene, che dovreste imparare a farvi scivolare addosso, talune quotidianità del vostro lavoro. Non credete?»

«Questiòn e' carattèr», bofonchiò il sindaco.

Le mosche entravano dalla finestra e, trovando un clima migliore rispetto a fuori, sembravano impazzire dalla gioia, tutte concentrate a sbatacchiare contro i vetri o a dar fastidio agli esseri umani.

«Si potrebbe avere qualcosa di fresco da bere?» domandò il maresciallo.

Il sindaco, che evidentemente sperava in un colloquio assai breve, suggerì un bicchiere di vino all'osteria del paese. Il maresciallo non si lasciò tentare, aveva una notevole esperienza e sapeva trattare con le autorità, così con quel suo sorriso, che dava da intendere di saperla lunga, abbassando il tono della voce entrò nel merito della questione.

«Non vorrei che ci scappassero delle schioppettate, per via dell'acqua», disse e si passò di nuovo il suo fazzoletto tra la nuca e la camicia della sua divisa.

«In tale incombenza,» ribadì il sindaco «secònd voi, io comm vi entrò e, soprattuttò, comm ne escò?»

«La gente di qui è tranquilla, ma non bisogna contrariarla quando si tratta di certe cose. Costruire un acquedotto che porti l'acqua alla capitale, potrebbe essere interpretato come un furto. Voi capite quello che intendo dire?» chiese il maresciallo.

«Ma sicond voi, certè cosè e' decidò io? Io e' subiscò. Vi parè plausibìl ca' vogliàn ascoltàr e' mie lamentèl a Romà?» rispose il sindaco.

«L'acquedotto si farà e la capitale avrà la sua acqua, ma la popolazione dovrà pur avere qualcosa in cambio, non vi pare?» rifinì il maresciallo.

«Dipendèss ra me, li arricchireì tutti e' pecoraì e' chistu paesè, ma vi ripetò, cha a partè cacc concessionè, o' Statò nun ci darà propeto nientè!» affermò il primo cittadino.

«Voi lo sapete, come le risolve la gente di qui certe questioni. Voi sapete meglio di me, che la gente ha la memoria lunga e che le proprie convinzioni, colpevole o innocente, gli rimangono infisse nella testa!» decifrò il maresciallo.

3

IL CENTRO DEL MONDO

Il sindaco si massaggiò il mento per un attimo, in una sorta di gesto scaramantico o forse per prender tempo.

«D'accordò! O' tèrrò presentè, song sicurò ca' si ci sarànn dei beneficì, ne trarrànn tuttì giovamentò. Promessò!» disse il sindaco.

Il sorriso del maresciallo si fece più enigmatico e, mentre si alzava lentamente stringendo la mano al sindaco sussurrò: «Si ricordi di Capece!»

Il primo cittadino s'irrigidì e ne trasse le sue conclusioni: «Ca' intendèt dirè?»

«Perché non mi avete detto che avete ricevuto delle minacce di morte?»

«Pecché è ra quann song sindacò, ca' ne ricevò! Pensiàt ca' io abbià paurà ppe questò? Ca' io nun dormà a' notta ppe e' lettèr anonìm ca' me invianò?»

«Non per questo» pensava il maresciallo «sicuramente per tua moglie, forse per tuo figlio o chissà per quale altra ragione» ragionava tra se il maresciallo.

«Statemi bene, signor sindaco!»

«Teniamòc in contattò, marescià. Arrivedercì!»

Uscito da suo ufficio, il primo cittadino ebbe il tempo di alzare lo sguardo e di osservare le stampe appese al muro. Pensava alla fine di Francesco Capece, un uomo ritrovato cinque anni prima ucciso con un colpo di fucile lungo una mulattiera, mentre ritornava da un'ispezione ai suoi campi. Le autorità non avevano scoperto l'assassino e neanche il movente, l'unica sicurezza era il fatto che fosse stato il podestà di una località vicina durante la guerra.

Non abbiate timore, miei cari lettori, non credo che questo libro sia un giallo, perlomeno non voglio che voi lo pensiate così presto. Nel capitolo precedente si è parlato di un omicidio insolito, ma non si è detto che alla fine della guerra ci fu un'epidemia di casi irrisolti. Il sangue dei vinti fu versato, ma non al pari di quello dei vincitori, anche perché non erano i trionfatori ad aver avuto il maggior numero di perdite, infatti, come il solito furono i civili a essere fucilati. Ci fu bisogno di un'amnistia, di una legge speciale che riunisse i delinquenti con i vendicatori, dove vittime e carnefici, si fecero fratelli. In quei tempi Caino e Abele si fusero, senza che nessuno riuscisse più a comprendere chi fossero i colpevoli e dove si celavano gli innocenti. Sicuramente il tutto è basato su fatti veri, indubbiamente i personaggi, col passare del tempo, si arricchirono di una loro personalità. Eppure ci sentimmo in dovere di ritornare sui nostri passi, in fondo trovammo simpatico, quel tale Rocco Ardigò e allora fu giusto andarlo a ricercare, in effetti, il paese era piccolo, infatti, mi parve di intravederlo entrare in chiesa. Egli sostava immobile davanti al sagrato, mentre un gatto lo guardava incuriosito, ormai l'ora di pranzo era passata e il paese sembrava fosse deserto. Risalendo per le viuzze del paese, Rocco, guardandosi attorno, aveva scorto muri ben rifiniti alternati a balconi scalcinati, tra grondaie divelte e finestre dipinte di fresco. Poveri e abbienti vivevano, in sostanza, vicini gli uni agli altri. Ora entrando in chiesa, come sempre gli accadeva, una sensazione di ristoro e di fresco lo avvolse completamente. I suoi occhi ebbero il tempo necessario per abituarsi a passare dal sole alla penombra, prima di incrociare lo sguardo del sacrestano che gli veniva incontro. Anticipando la possibilità di una domanda, fu Rocco ad aprire bocca.

«Il parroco?»

«Don Alessandro riposa» rispose l'uomo con voce lamentosa, apparentemente in dialetto siciliano misto al gergo locale. «È l'ora di la pennica.»

«La corriera è giunta da poco ed io vengo da lontano. Comunque lascio questa lettera, in maniera che la possa leggere. Vorrà dire che tornerò domani», ribadì il maestro.

«Come aviti rittu chi vi chiamati?» gli chiese il sacrestano.

«Rocco Ardigò, sono il nuovo maestro!»

«Aspettate cca 'n attimo», disse l'altro. «Jè possibili chi si fussi svegliato.»

Arrivava in questo paesino senza alcuna eccitazione, privo d'ingenuo candore, poiché aveva già provato le resistenze della vita. Egli sapeva che le persone erano dedite a quel sano egoismo che è la vita, mentre i suoi occhi cadevano su una statua assai dismessa e rovinata, celata in un recesso della chiesa e che offriva l'immagine di una santa, invocata per le cause impossibili, con dipinta una ferita sulla fronte.

«Venite maestro, u parroco vi aspetta», disse il sacrestano di ritorno dai piani alti. Rocco seguì l'uomo, da un corridoio a una scala, per poi passare prima in un cortile e infine oltrepassato un portoncino giungere davanti a uno studiolo. Don Alessandro stava, come il don Abbondio di manzoniana memoria, su un'antica poltrona, avvolto in una vecchia tonaca, in capo un logoro berretto e una mantellina di lana sulle spalle, che lo proteggeva dagli spifferi, alla luce scarsa di una piccola lampadina. Due compatti ciuffi di capelli bianchi, che si dileguavano esternamente dal copricapo, dei denti diradati ma senza alcuna mancanza, occhi bruni, vivi e pieni di vitalità, nessun tipo di barba o baffi, una faccia ossuta dal colorito roseo e la pelle rugosa, il tutto come un campo di grano maturo in procinto di essere mietuto.

«Oh! Oh!» fu il suo benvenuto, mentre si toglieva le lenti dal naso, per riporle accanto al libretto che stava leggendo.

«Torna puri pi cresia, Tonio», disse il sacerdote al sacrestano.

Rocco fece in tempo a leggerne il titolo. Si trattava del "Codice della vita italiana", di Giuseppe Prezzolini.

«Mi dispiace disturbare il suo riposo, signor curato», disse Rocco, abbassando leggermente la testa.

«Haju lìettu a so' lettera ri presentazione. Idda jè u niputi ri don Filippo!» disse il parroco sorridendo.

«Si! Mi dispiace.».

«Di che cosa?» lo interruppe il sacerdote passando all'italiano, grattandosi il naso e proseguendo «Do' fattu chi fussi u niputi ri 'n sant'uomo o ri esser statu scacciato, dalla so' paìsi comu 'n appestato?»

«Di averla disturbata a quest'ora del giorno», lo corresse Rocco.

«Finiamola ri jucari! Idda, miu caru nuovo maestro, dovrà travagghiare parecchio nta propria anima pi abbissari i danni combinati», disse don Alessandro, afferrando il primo oggetto a portata di mano, come se volesse scaricare la propria energia su qualcosa di non animato.

«Ecco!» proseguì don Alessandro e, preso il libretto, si rimise gli occhiali, l'aprì, mentre con l'indice saliva e scendeva, finché, trovato quanto cercava, iniziò a leggere lentamente: «L'Italia va avanti perché ci sono i fessi. I fessi lavorano, pagano, crepano. Chi fa la figura di mandare avanti l'Italia sono i furbi, che non fanno nulla, spendono e se la godono.»

«Un uomo di Chiesa che cita Prezzolini, che parla siciliano, italiano e latino e comprende il napoletano», sospirò tra sé Rocco.

«Nun si sorprenda, picchì ni vedrà di li belle, si passerà 'n annu cca, nzemi a tutti nuatri!» esclamò don Alessandro, porgendogli la mano e proseguendo: «Non abbia timore, perché per la stima profonda che nutro per suo zio, le sarò vicino, ma si guardi bene dal proseguire quanto fatto altrove. Nun dia retta o sindaco e a la so' cricca, pi fondo, nun sunnu àutru chi r'i sanfedisti!»

Rocco indietreggiò e stava per voltarsi e uscire, quando il sacerdote aggiunse: «Mi venga a attruvari ntra quàlchi jornu, nun sulu si sarrà sistemato.»

«Un prete che legge Prezzolini e che cita le bande armate del cardinale Ruffo. Aveva ragione mio zio, nel dire che don Alessandro non è un prete di altri tempi!» pensava Rocco uscendo dalla chiesa.

Un leggero appetito, nel frattempo, iniziò a bussare alla porta dello stomaco, mentre, passando di fronte al municipio, adocchiava la porta chiusa. A cento metri s'intravedeva una fraschetta, proprio sulla piazzetta, una sorta di emporio, a metà tra un'osteria, una mescita di vino e una rivendita alimentare. Qualche sedia e un paio di tavoli, stavano a indicare che ci si poteva fermare per ristorarsi. Entrando nel locale si notavano merci ammassate, il tutto dava l'idea confusa di uno spaccio, un deposito, un magazzino, una sorta di bazar all'occidentale, una bottega di cui solo il padrone, Furmine, conosceva la segreta disposizione e collocazione degli articoli in vendita.

«Un po' di pane con prosciutto di montagna e una fetta di formaggio», sussurrò Rocco a un uomo basso, grasso, dal sorriso ampio, che vestiva metà da contadino e l'altro mezzo da bottegaio. I pantaloni sembravano quelli da lavoro di un bracciante, mentre la camicia e il panciotto, seppur consumati, assomigliavano a quelli di un mercante.

«Subito, signor maestro! Si metta pure comodo fuori, all'ombra, ca' e' portò nu' bicchièr e' vinò. È e' quì, vèdrà ca' vinellò! Nu' po' fortè, asprò, ma genuinò!» rispose, con spirito allegro, il padrone.

Rocco fece un cenno di assenso e si accomodò, dove meglio credeva, con le spalle al muro e su una sedia non troppo rovinata, scegliendola tra le tante vuote a sua disposizione.

«Certamente il sacrestano ha già dato la buona novella,» pensò tra se il nuovo maestro, «tra breve tutto il paese lo saprà, tanto meglio, non ci sarà bisogno di tante presentazioni.»

Finito il suo frugale spuntino, Rocco si accese un sigaretto, tanto per passare il tempo, in attesa che il municipio riaprisse. Dopo un'ora egli saliva le scale della casa comunale e, dopo essersi fatto annunciare, presentato al segretario del sindaco, che lo accolse con una vigorosa stretta di mano. Il giovane era sulla trentina, ben vestito e spensierato, con un risolino amichevole.

«Ah! Il nuovo insegnante elementare!» esclamò il segretario comunale, mentre gli dava una pacca sulla spalla.

«Song convìnt ca' si truvarrà benè, sentìrà ca' arià e' montagnà! o' sindàc a' ricevèrà domanì, into frattèmp e' dàrò tuttè e' indicaziòn necessariè.»

E subito lo portò in giro per il paese, mentre gli forniva orari e incombenze, tutto questo con i modi di un compagno d'armi piuttosto che di un'autorità, così, dopo averlo portato davanti alla scuola, lo propose al bidello, Aristide, un uomo stagionato, fermo nella voce, seppur con un dialetto assai rimarcato, alto e ben piantato, dai modi franchi e sicuri, una sorta di attendente che emanava fedeltà e affidabilità. L'edificio scolastico era un ambiente unico, da cui si poteva scorgere l'intera vallata che, torrida d'estate e fredda d'inverno, durante la primavera esternava il meglio di se.

«Adesso,» disse allegramente il segretario al bidello, «t'affidò o' nostrò nuovò maestrò, tu saraì a sua disposiziòn ppe tuttò o' pomeriggiò, o' aiuteraì a sistemàrs e e' faraì conoscèr tuttò chello e' cui c'è bisognò. Appenà conclùs a' visità qui a scuolà, portàl a casa dal signòr Bartolommeo, pecché almenò ppe e' primì tempì, cu pocà spesà, alloggèrà pressò e' luì. Aropp' cenà, signòr maèstr me vengà a trovarè, faremò duje passì e e' raccontèrò o' restò. E' rinnòv e' augurì e ben arrivatò!»

4

LA LOTTA FRA BENE E MALE

Il maestro sembrò uscire, da questo breve incontro, soddisfatto e rinfrancato, mentre tutte le sue paure e angosce trovavano pace e un momento di serenità. I rumori assai lontani di qualche contadino sul sentiero del ritorno, l'abbaiare dei cani a guardia delle greggi, le grida dei bambini che giocavano a rincorrersi nei vicoletti del paese, tutto sembrava voler contribuire a instillare, tutto intorno, istanti di armonia.

Vi sono momenti, nella storia di un paese, in cui si confermano nuovi generi nel ragionare e nell'udire e, quindi, di conseguenza nel darsi da fare nel modo di vivere del singolo e dell'intera comunità. In effetti, si assodano trasformazioni assai intime nel loro arco vitale e nel flusso del quotidiano e, cosa assai più fondamentale, si dischiudono recenti confini, fra terra e mare, alle culture reperibili, che terminano per trasmettere loro un'insospettata decelerazione. Questo meditava Rocco, ma, con altrettanta pacata rassegnazione, si poneva il dilemma di come rappresentare la questione del dialetto nei suoi ricordi. In effetti, ci siamo chiesti anche noi come tradurre i dialoghi dei vari personaggi, dove abruzzese, molisano, napoletano e in particolare romanesco e ciociaro, si fondono fra loro. Gadda, Pasolini e De Filippo si scontravano proprio in quegli anni su questi temi, confrontandosi con i lettori e non solo, indecisi se farsi comprendere da tutti oppure rendersi poeticamente inclusi con l'intreccio stesso dei loro lavori. Ci piace immaginare quanto sia difficile leggere un dialogo nella sua vera essenza, così come effettivamente accade nella nostra vita quotidiana. Il nuovo maestro si avvicinava alla casa di don Bartolomeo, ma nulla era stato detto sul fatto che molti sistemi sociali contemplano una divinità malvagia opposta a un essere più benevolo. Questo paese, cui un giorno il lettore assegnerà un nome, nacque completamente buono, tuttavia intorno, indivisi, esistevano sia il bene sia il male. Quest'ultimo non era figlio del bene, quindi era logico desumere che ci fosse un individuo interamente maligno. Chi fosse crudele e quale scelta fare per aiutare a lottare contro l'ingiusto, questo Rocco Ardigò ancora non lo poteva sapere.

Aristide, il bidello, accompagnò il nuovo maestro oltre il paese, al confine, del quale, arroccata su un precipizio, si reggeva una sorta di casale di campagna, dove povertà e magnificenza si alternavano. I grossi cani, che abbaiavano al cancello, si fecero muti, dopo che un fischio prolungato di un villano si era fatto sentire sull'aia. Un'aquila di pietra bianca era posta sull'arco del casolare, mentre ogni sorta di oggetti e utensili si facevano preda per gli occhi dei visitatori occasionali.

Una vecchietta raggrinzita, Nannina, aprì la porta di casa di don Bartolomeo e, dopo aver parlottato con il bidello, lo fece entrare in un salottino pulito e ben arredato, anche se la maggior parte del mobilio sembrava ancora intonso.

«Mannaggia cumm'è buttagne mantemane!»

Rocco aveva imparato a tacere, quando non comprendeva appieno il dialetto locale, piuttosto che assentire o mugugnare una qualunque risposta priva di senso.

Introdotto l'ospite, fu fatto transitare per un andirivieni di anditi scuri, e per vari ambienti addobbati di collane di cipolle, di canestri di verdure, di forme di formaggio, e in ognuno delle quali c'era una contadina predisposta a lavorare. Rocco, dopo avere alquanto atteso, fu ammesso nella cantina dove si trovava don Bartolommeo.

Questo gli mosse incontro, rendendogli il saluto, e insieme scrutandolo dritto negli occhi, nel modo in cui faceva per vizio, e a questo punto ormai inconsapevolmente, a qualunque persona arrivasse da lui, senza tener conto se fosse un vecchio conoscente oppure soltanto il prodotto di un incontro fortuito. Era un gigante, scuro, pelato; argentea la rada zazzera che faceva bella mostra; grinzoso il viso: così d'acchito, chiunque gli avrebbe concesso un'età variabile oltre ai cinquant'anni; ma il portamento, le vaghe movenze, la compattezza indignata delle sue fattezze, il balenare sgradevole dei suoi occhi, stavano significando una potenza segreta del suo fisico e del suo spirito, da far invidia a un baldo delinquente.

Rocco si presentò per quello che era e riferì che arrivava per chiedere ospitalità su parere del segretario comunale, infatti, don Bartolommeo, che ne sapeva già qualcosa, lo ascoltò in una sorta di estrema confusione, curioso di affini vicende, e come fosse tirato per una manica verso le quotidiane faccende commerciali, mentre un sentimento ripugnate lo ammaliava trascinandolo dove poteva, comunque assai lontano. Rocco, sapendo con chi aveva a che fare e avvertito dal bidello, si dispose a ingigantire le insidie del favore richiesto; il fastidio per un'ospitalità improvvisa, il disturbo, la seccatura! A tali argomenti, don Bartolommeo, alla maniera di un santo celato nel suo animo, troncò immediatamente, la litania di Rocco, proferendo che l'intera questione era ormai cosa sua. Con un gesto indicò alla vecchietta raggrinzita, che come d'incanto era sopraggiunta alle spalle di Rocco, di fargli vedere la sua stanza e disse: «Sarete provvisto di quanto vi occorre!»

Il casale era su due livelli, ma provenendo dalla cantina, scavata in profondità nella roccia, arrivare nella sua stanza fu come risalire dall'inferno al paradiso. Quel culto, che Rocco teneva così ben occultato dentro di sé, derivava forse da un lontanissimo stato nazionale iranico. Una religione nata per opera di un solo fondatore, un'eccezione in un mondo lontano che credeva esclusivamente in una miriade di divinità, passando prima dal culto dei defunti per poi scoprire che esisteva un antidio. Dove se esiste il bene, per forza di cose nasce il male, in una sorta di riforma della religione preesistente. Di cosa andasse in cerca Rocco Ardigò, lo sa solo il Signore. Del perché lui piangesse ogni giorno, al solo ricordo di Lei che gli sparava sul viso di non amarlo più, nessuno può dirlo. La nuova stanza, collocata nel sottotetto, era in cima a quattro oscure parti di scala. L'intero casale, col passare degli anni, si era ampliato e stratificato, volutamente diviso in tanti diversi e minuscoli ambienti. Una grande casa, dove ogni piano aveva un bagno in comune e questo la rendeva moderna, seppure assai trafficata, a momenti, dava l'impressione di essere una casa vuota.

La vecchietta mi lasciò solo nella stanza, non prima di dirmi:

«Può pagarè l'affitt ognì primò ro' mesè, ppe'tramente' o' cambiò ra' biancherià avvièn ognì martèdì. Colazìòn e' settè, pranzò e' duje e cenà e' settè.»

«Pagherò puntualmente», disse il maestro.

«Speriàm benè!» rispose la vecchia Nannina.

5

LE QUATTRO VERITÀ

Fuori la Capitale, verso le montagne del Lazio meridionale al confine degli Abruzzi, si estendono vallate splendenti e silvestri. La meno conosciuta e la più irriducibile raggiunge l'acme nel paese di Xxxxxxxxx, dove si cela e si rappresenta contro una volta celeste spruzzata di azzurro. Neanche Camille Corot, nei suoi viaggi in Italia, riuscì a scoprirla e ancora oggi rimane custodita nel suo segreto, grazie all'unica via percorribile che la rasenta, allora solo un sentiero, poi strada bianca, in seguito asfaltata, infine dimenticata e chiusa al traffico, causa pericolo di frane.

Rocco, giunto in piena estate, ebbe il tempo per adeguarsi alla vita di campagna, la fortuna di scoprire tratturi e sentieri attraverso boschi incantati, dove il nulla e il niente erano il contorno di una natura ancora incontaminata. Lievissime tracce umane, dove lupi, volpi, cinghiali, vipere, rapaci e bestiame, si contraevano in attesa dell'inverno. Il nuovo pedagogo, ben presto, diventò solo il maestro, perché passato qualche tempo anche lui diventò vecchio. La comunità lo accolse lentamente, facendone un gioiello, un fondamento cosmico, insieme alla religione (sacerdote), alla giustizia (capitano dei carabinieri), alla salute (dottore), alla politica (sindaco) e alla legge atavica (don Bartolommeo). Non per forza in quest'ordine.

La prima verità che Rocco scoprì vivendo in questo paese fu la sofferenza, nata insieme con lui, cresciuta con il passare degli anni in attesa della morte, lontano dal suo amore e accanto a chi non aveva mai amato. Il non averlo saputo, l'illusione di poter raggiungere e superare il proprio traguardo, aveva aggravato la propria angoscia e la propria afflizione. La seconda verità era rappresentata dall'aver scoperto che non poteva fare a meno di bramare, a ogni piè sospinto, il soddisfacimento dei propri desideri. La terza testimonianza era la certezza che si poteva frenare la propria sete, accettando le proprie emozioni. L'ultima realtà sembrava delinearsi assolutamente quando risaliva il sentiero, proprio verso le vette delle montagne che si stagliavano al confine della vallata. Tra una vita dedita al piacere e una consacrata all'avvilimento delle proprie passioni, si trovava la via di mezzo, il giusto equilibrio che lo avrebbe portato, attraverso riflessione, eticità e buonsenso, al conseguimento delle proprie eccitazioni.

Arrivando d'estate ebbe il tempo per acquietarsi, per conoscere i luoghi e per salire piuttosto che scendere. Iniziava la mattina presto camminando in direzione degli alpeggi, prima con un libro e del pane casareccio farcito con del salame, mentre per l'acqua fresca imparò subito dove trovarla lungo la via. Ai libri provò a sostituire i fogli da disegno, ma comprese che non sarebbe mai riuscito a rappresentare con le immagini i suoi pensieri di fronte alla tranquillità dei luoghi. Vennero poi i giorni della paura, quando i prolungati silenzi gli portarono angoscia e depressione. Si lasciò andare alle chiacchiere, alla voglia di incontrare gente, di sentire le loro voci. Conobbe i pastorelli e i contadini, i raccoglitori di legna e i carbonai, i pochi carabinieri e i cacciatori, i buoni e i cattivi. Scoprì dei prati in alta quota, dove una volta sdraiati si potevano osservare le nubi, che assai lentamente mutavano in forma e chiarori.

Rimuovete il non indispensabile dall'esistenza di un essere umano. Successivamente, derubatelo di quel che resta. Continuate fino a raggiungere il limite, fermatevi solo nell'istante in cui non ne resterà che la sua base, il contorno del suo fisico, l'intimo del suo sguardo, l'ispessimento delle sue dita, il sufficiente per conservarsi; quando basta una pagnotta di grano saraceno e un bicchiere di latte appena munto, così che perfino una maglia di lana, grazie al suo calore che emana, ci farà apprezzare le bellezze della vita.

Vennero i giorni delle femmine, quando, come una tentazione astratta e concreta, gli apparvero i fantasmi notturni pronti a farsi realtà, solo in apparenza lontane cartoline di eresie carnali. Di tutto questo, in seguito, dovremo parlarne ancora e saranno baleni così intensi e drammatici da farne momenti epici.

L'inverno arrivò improvviso brusco con le sue piogge assai più imperative rispetto agli scrosci autunnali, con le mattine impegnate dalla scuola e i pomeriggi passati nascosti nella sua cameretta.

Si appressò improvvisa una giornata di lunazione maligna. S'intendeva immediatamente dall'atmosfera dell'intera casa, dal modo di fare dei garzoni, dalle grida delle donne di casa e dalle bestemmie, che scappavano alte come un materasso riempito con foglie secche di pannocchie di granturco e rammendato maldestramente.

«Aristide non è ancora passato stamattina?» chiese Rocco a Nannina, la governate, non appena si fu accomodato al suo posto in cucina, accanto al capotavola, dove don Bartolomeo aveva piacere che fosse seduto, anche in sua mancanza.

«È passàt nu' attimò, ma ubbriàc comm na' cocuzzà. Io nun so chi e' pagà o' vinò ca' bevè!»

«E ora dov'è andato?»

«Lentò, lentò si è allontanàt versò e' campi, dòv va a farsì passàr a' sbornià. Farèbb megliò a buttàrs into Simbriviò.»

La Nannina depositò la cuccuma ancora rovente contro un battilardo di marmo, lungo lo spigolo della mensa, e, rigirando col cucchiaione il liquido scuro, fece sorgere un odore di caffè, che avviluppò l'intera cucina e dandole l'aspetto di una maga Circe infuriata, in procinto di creare una sorta d'incantesimo.

«Don Bartolommeo come sta oggi?»

«Dovrèbb magna' e bevere menò, da' cchiu' rettà a' consigli ro' dottòr e lasciàr perdèr e' renari e e' affarì.»

La vecchia Nannina riusciva a parlare e lavorare contemporaneamente, così nel frattempo aveva versato un caffè caldo e bollente nella tazza del maestro, mettendoci accanto due belle fette di pane ricoperte di miele. Tutto questo senza mai abbandonare i suoi modi bruschi, come se la cosa le fosse imposta, casomai qualcuno potesse pensare che il suo animo celasse bontà e carità. Se da giovane si rammaricava che mai nessuno l'aveva chiesta in sposa, oggi riteneva che la sua fortuna fosse proprio non essersi maritata. In questo modo, dopo aver fatto per lungo tempo la sguattera e la pettegola, si era attaccata alla magione, ora per consolino non le restava che di continuare fino alla fine un lavoro che le era costata violenza e rabbia, sempre a che fare con gente aspra e pronta a rubare. Nannina, si diceva, che volesse solo bene ad Assuntina, la figlia di don Bartolommeo e, purtroppo, anche di questo dovremo parlare in seguito.

All'inizio si racconta che la terra fosse popolata da esseri immortali, ma che ci fosse spazio anche per il genere umano, là dove l'incorporeo si amalgamava tenacemente con la sostanza discernibile. I sapienti, tra gli uomini, assicuravano che le divinità e le nature incorporee fossero in ogni luogo e attraverso loro, consenzienti o non volenti, si doveva giungere a un compromesso con l'Eterno. Ogni acqua sorgiva diveniva il riparo di naiadi giovani e attraenti, mentre i fiumi, residenza di longevi robusti esseri divini. Ogni pianta poteva celare una ninfa e le vette delle montagne accogliere le abitazioni dei più influenti esseri immortali. Ogni luogo era abitato da un essere immaginario cui si attribuiva la capacità di influenzare gli eventi della vita umana; anche con loro era necessario venire a patti. Gli esseri mortali sentirono così il bisogno di creare luoghi sacri, di erigere templi, di consacrare giardini o boschi, di bagnarsi in fonti soprannaturali; si trattava di adempiere un dovere primario ed essenziale. In quei rifugi divini e inviolabili poteva accadere di imbattersi in idoli, immagini, statue, tavole, rocce, alberi, altari, talvolta occultati da piante rampicanti e da arbusti di lauro. In quei luoghi il genere umano tentava di penetrare l'evento inspiegabile del divino, cercando di denudare la propria nascita. Il paese di Xxxxxxxxx non esisteva ancora, ma quei luoghi erano popolati dagli equi, un gruppo sabellico che abitava tra le alte valli dei fiumi Aniene e Imella. La storia vuole che gli equi costruissero, come tutte le popolazioni montanare, i propri oppida sulle cime e negli anfratti meglio difesi dalla natura aspra di quei territori. Vicino alle fonti dell'Aniene, che sorgeva da un monte intorno a Treba, abitavano nell'età del bronzo genti fiere e indomite, assai esperte nel tiro a distanza sia con la fionda sia con il giavellotto. La leggenda vuole che la loro passione per i cavalli fosse dovuta a un adolescente senza genitori, il quale abitava in un vico sulle sponde dell'Aniene. Nesto, questo era il suo nome, non era ancora in grado di mantenersi, data la sua giovane età, non sapeva cacciare e neanche combattere. Proprio per questo si sentiva a ricarico dell'intera comunità e desideroso di rendersi utile. Egli era un ragazzino nudo d'estate e con una pelle di lupo d'inverno, crespo e dall'apparente età di sei anni. All'inizio della bella stagione i cacciatori partivano in cerca di animali e cibo da conservare durante i mesi invernali. Per fare questo bisognava allontanarsi parecchio dal villaggio, che era lasciato in custodia ai guerrieri più anziani, alle donne e ai bambini. Restavano distanti per diverse settimane, attraverso i numerosi tratturi di transumanza che attraversavano lo sbarramento costituito dai monti Simbruini. Chi rimaneva doveva fare i conti con la solitudine, legati notte e giorno agli animali da custodire, vigilando contro i predatori e i razziatori. Nesto passava le giornate seduto davanti al suo riparo, con lo sguardo rivolto intorno, sempre impaurito e isolato. La solitudine spesso gli procurava sconforto, al punto che si ritrovava a singhiozzare. Le gocce di pianto frammiste alla pioggia gli bagnavano il viso e ruzzolando nella terra si trasformavano in fanghiglia. Uno dei passatempi dei bambini era proprio quello di giocare con il fango; Nesto era bravissimo a creare delle forme di animali da quella sorta di creta rossa, dapprima dei lupi e poi dei cervi. Intorno a lui i rumori dei boschi creavano mille illusioni. Furbo fino all'astuzia, il ragazzino era accorto con le sue offerte alle divinità, che gli parlavano e gli sussurravano in lingua osca.

«Ascoltami, o Nesto, mio giovane amico!».

Il bambino osservò da ogni parte, sbalordito.

«Quale divinità gli aveva sussurrato?» pensò il ragazzino.

«Se t'impegni a non piagnucolare, bimbo mio, ti riferirò un segreto ...» gli disse la voce.

«Dimmela, ti prego, ed io smetterò di piangere!»

«Ogni cosa, intorno a te, può prendere forma animata. Crea con la creta la forma di un animale!» gli rivelò il genio del bosco.

All'epoca gli equi non possedevano destrieri domati, per questa ragione ogni trasporto era fatto attraverso il sacrificio e la forza umana. I cavalli erano cacciati come risorsa alimentare, così come ogni altro animale selvatico.

«Un cavallo, volesse il cielo, per tenermi compagnia!»

Nesto si mise subito all'opera e, prima con le mani e poi con dei bastoncini, iniziò a plasmare una forma primordiale. Ogni volta però la voce gli sussurrava:

«Più grande, è troppo piccola, falla più grande!»

E così il ragazzino disfaceva tutto e riprendeva, ma di nuovo la voce gli diceva di ricominciare. A un certo punto, Nesto si accorse che la creta non aveva più la consistenza necessaria e si scioglieva, senza riuscire a tenere la forma che lui gli dava. L'oscurità scese improvvisa e il ragazzo dovette rientrare nel terrazzamento, fortificato con palizzate di legno, dentro il quale si rinchiudevano sia gli uomini sia le bestie. Durante la notte il ragazzino, tutto preso dai suoi pensieri, non riusciva a dormire. Alla fine il sonno venne, insieme alla soluzione del suo problema. Il giorno dopo, all'alba, Nesto era già in piedi e ora sapeva come doveva fare. Per prima cosa si avvicinò alla riva del torrente, dove scorreva l'acqua e c'era tutto il fango che gli serviva. Iniziò a costruire un'anima di legno, con i rami secchi che trovava intorno a lui, poi passò a riempire gli spazi, tra una frasca e l'altra, con della paglia. Il simulacro era alto circa un metro e venti, nella sua forma tozza e robusta. C'era voluto un giorno intero per pensare, un'altra giornata per creare la sua anima, poi altre due albe per spargere il fango su tutta la superficie. Intanto la voce lo incoraggiava.

«Non è ancora finita. Fai asciugare il fango, ma nello stesso tempo approfitta per modellare i particolari, fai risaltare i suoi muscoli, plasma i suoi occhi, le sue orecchie, i suoi zoccoli. Non avere fretta, fai le cose con calma!».

Nesto fece tutto come gli era stato suggerito, senza dimenticare la criniera e la coda, rinforzando il dorso del cavallo, uno dei suoi punti più delicati. L'ultimo giorno, il ragazzo scese sulla riva del torrente, in uno dei punti più sacri e inviolabili della zona, dove si diceva che si riunivano le ragazze delle acque. Era proprio in quel punto che Nesto aveva collocato il suo simulacro. La voce gli raccomandò l'ultimo sforzo.

«Ora non devi far altro che aspettare. Non avere fretta, fra cinque giorni esatti il fango si sarà asciugato e compattato. Tu sorveglia che nessuno disturbi la tua creazione, affinché dal fango possa prendere forma una delle cose più stupende di questo bosco. Bada bene, neanche tu devi disturbare la quiete di questo luogo sacro!»

Nesto ubbidì ciecamente alle direttive che gli erano state dettate; il ragazzino fu molto ligio e si trattenne dalla curiosità e dalla voglia di strafare. All'alba del sesto giorno, Nesto, con il cuore in gola, si avvicinò al torrente, mentre soffiava una leggera brezza tra le fronde degli alberi. Scansando gli ultimi rami sentì, ancora prima di vedere, un nitrito acuto e profondo, che lo accolse. Davanti a lui un cavallo in carne e ossa lo guardava con occhi dolci, dal manto serafico e il capo esteso, con le ossa facciali prolungate il doppio del cranio, con il collo longilineo e aitante. Un mantello scuro si accompagnava a delle originali macchie bianche sulle estremità degli arti e a una balzana sulla fronte a forma di stella. Nesto gli si avvicinò e il cavallo si fece accarezzare docile; ci volle qualche giorno perché l'animale riconoscesse l'odore del ragazzino, tra i tanti effluvi provenienti dal bosco. I cacciatori, quando tornarono dalle loro battute, trovarono un ragazzino che montava un cavallo, tutti allora gridarono che bisognava condurre l'animale al tempio della Dea, e il loro sacerdote ordinò di acclamare Nesto. Da quel giorno quel ragazzino non pianse più, con il passare degli anni divenne un capo celebre, partecipò a diverse spedizioni militari e girò in lungo e in largo reclutando con successo uomini e mezzi contro Roma.

7

LA DEA DELLA VITA

Il suo era un dolore silenzioso, di una tale energia da farsi carico di tutti i mali del mondo, così profondo da renderlo muto. Il suo pianto immane gli veniva dal profondo e, quando gli riusciva, gli sgorgava dalla bocca come un fiotto di sangue liquido mischiato alle lacrime. Il suo gemito gli saliva lentamente dall'interno fino a trovare saldati i suoi denti, come una muraglia cinese, come l'argine di un fiume che con l'ultima piena tutto travolge e di ogni cosa non ha più pena. Quel grido umano di persona che ha sofferto un castigo da togliere pietà e risentimento, preghiera e vendetta, finché non indugia che un'amarezza inesauribile. Rocco aveva provato l'asprezza dell'amore, ma un giorno la vide riflessa in un paio di occhi luciferini, che appartenevano a un giovane pastore di poco più di ventitré anni. Il ragazzo si chiamava Jesi, forse perché il padre veniva da quella località marchigiana, sta di fatto che accudiva ai suoi animali ed era amato da tutti. Non aveva molto ma, una volta che i suoi genitori lo lasciarono andare per tornare in cielo, con tanti sacrifici riuscì a farsi un suo gregge che, seppur modesto, fosse in costante crescita. Don Bartolommeo, che sapeva giudicare gli uomini, gli affidava le sue pecore al pascolo e lo trattava con il dovuto rispetto. Non c'erano lupi o ladri, in grado di scalfire il suo branco. La sua doppietta aveva la giusta risposta per ogni avversità vivente, mentre il suo coltello a serramanico, custodito nelle profondità delle saccocce dei suoi pantaloni, lo preservava da ogni malignità o apprezzamento malevolo, quando per religione o necessità scendeva in paese. Povero al momento, ma con un buon futuro, finché non gli si riaccese un ricordo giovanile, di quando bambino giocava nei pascoli in alto con Maria, la figlia di un massaro.

La rincontrò, la prima volta, lui in cima a una roccia e lei in basso ad un passo da un dirupo, custodita da un'ombra, mentre il sole garriva la sua voglia di vivere, con lei racchiusa in una ghirlanda di riccioli di miele, scuri come quello di castagno.

La rivide e la amò per sempre, come se fosse destino irrevocabile, senza ombra di smentita, con quella fragile promessa di non lasciarla mai più.

Jesi sorrise e non smise neanche un momento di ridere, ogni volta che ripensava a quando l'aveva incontrata ormai grande, lontana dalle giocose arie dell'infanzia.

«Ohi Marì! Ca' faì? Aro' vaì?»

«Ch seì? Ca' volete?»

«Sòn o' criaturo cu o' qualè andavì a rubarè l'uvà a' vignà e' zia Sabinà!»

«T si Jesì!»

«Propeto io.»

«Te si fatto grandè.»

Fu così che i due ragazzi si rividero, come se non si fossero mai lasciati, senza bisogno di presentazioni e inutili perdite di tempo, perché ognuno di loro sapeva tutto dell'altro.

Tutto fu carico d'amore: la prima corsa sui prati per non far tardi, la prima carezza sulla mano, il primo sguardo pieno di desiderio, il primo *inciucio* e il primo bacio.

Da subito il giovane Jesi fece di Maria la sua unica divinità, più bella della Madonna, più dolce del vino cesanese, assai più colma di serenità rispetto alla più bella rivista mai vista, rappresentata nel *golfo mistico* della capitale.

Non bisogna aver paura dell'amore, se questo sentimento è puro e privo di ogni ombra, questo i due giovani lo comprendevano fin troppo bene. Una santa, una volta, disse che "la cosa più importante è non pensare troppo e amare molto; per questo motivo fate ciò che più vi spinge ad amare." Nessuno era in grado di prevedere come le cose potessero cambiare così rapidamente.

Ai primi baci, Maria resistette con dei sonori ceffoni, perché se lui era forte, lei con quella sua aria sorniona era pronta alla lotta. Dopo ogni guerra, all'improvviso scoppiava la pace e poi venivano le chiacchiere, le parole infinite, i discorsi che duravano tutta la domenica pomeriggio, senza accorgersi che veniva sera. Si parlava di tutto, delle nuvole e delle loro forme, del gregge e delle vacche, degli uomini buoni e di quelli cattivi, dell'intero paese, dei loro sogni futuri, del loro amore, di quando erano bambini, delle loro marachelle, dei padri e delle madri, dei morti e dei vivi. Maria si sentiva felice e anche Jesi sorrideva all'idea di avere una donna tutta sua, e così lo abbracciava, si strofinava a lei, ribollendo, in balia della sua smania. La ragazza parlava:

«A' mammà me chiedè sempe aro' vadò, quann a' domenìc pomeriggiò fuggò versò a' muntagna.»

E dirigeva distante la sua vista scoraggiata, oltre il confine dei prati, sino al paese che aveva abbandonato poco prima.

«Pecché nun e' rici a' verità?» disse dolcemente Jesi.

«E qualè fusse a' verità?» chiese lei.

«Ca' ci vulimme bbene e ca' ci vulimme fidanzare.»

«Quìnd me vorrèst piglià in mogliè?»

Jesi, perplesso, la osservò di profilo mentre Maria con i suoi occhi fissi verso un punto ben preciso, si perdeva nei suoi pensieri lontani. Aveva le guancie vermiglie e ben calibrate, un abbondante petto per la sua giovane età che spingeva al di sotto della sua blusa, un nasino ancora delicato, le ciglia nere e il collo allungato, come un albero di pioppo in procinto di toccare il cielo.

«Si!» rispose il ragazzo.

Maria lo guardò con un sorriso sulle labbra, dove mistero e amarezza si mischiavano tra di loro e poi disse:

«Simme troppo poverì!» sostenne lei.

«Nun è verò!»

«A' mia famiglià nun tienè nullà, neànch a' dotè me può farè. Sul debitì, e' nostrì e chilli ereditatì» gridò Maria.

«L'ammore è comm' 'o ffuoco, guaje a chi ce pazzea!» gli rispose Jesi.

Fu lento il loro muoversi, ma mentre cresceva in loro la paura di perdersi, gli eventi si fecero lesti, rapidi, quasi abili nello sciogliere il loro legame. Don Alessandro, il parroco, insegnava a Maria le arti della vita, gli trasmetteva gli accorgimenti religiosi e la cultura antica, gli infondeva valori quali la benevolenza, il senso di giustizia e l'amore per i genitori. Maria sapeva ascoltare e a volte riusciva a seguire gli impulsi del suo cuore senza incorrere in trasgressioni, ma venne l'ora di ubbidire. Alvaro Pasini, un giovane dabbene, figlio di una famiglia ricca, già da qualche tempo aveva messo gli occhi sulla giovane Maria. La sua famiglia aveva fatto le cose nella giusta maniera, la mamma aveva preso informazioni della ragazza presso il parroco, mentre il padre aveva intessuto una ragnatela perfida, facendo in maniera che la famiglia di Maria si trovasse in debito nei suoi confronti. Quella ragazza gli piaceva per suo figlio, infatti, non voleva che si facesse un matrimonio d'interesse, come era accaduto a lui. Gli serviva di rinforzare le radici del proprio nucleo familiare, era ora di finirla di sposarsi fra cugini per rafforzare l'eredità. Era giunto il momento di infondere bellezza e santità, in questa famiglia corrotta e arcigna, questo pensava Giovanni, il padre dello sposo.

Non ci fu bisogno di parlare con la ragazza, bastò che Giovanni, quasi per caso, incontrasse, lungo un sentiero di campagna, Giuseppe, il padre di Maria e, dopo i saluti e le poche chiacchiere sul tempo e le sementi, si arrivò al nocciolo.

«Si è fattà grandè, vostra figlià Marià! Avit già pensàt a maritarlà?»

Giuseppe sembrò confondersi, non si aspettava di toccare quest'argomento, per lui la sua bambina era ancora piccola, anche se, in effetti, l'età per queste cose c'era già tutta.

«Ve o' chiedò, pecché mie figlie Giuann ci tienè ca' io vi parlì, prima e' fa' ognì cosà, sempe into rispètt re' famigliè», proseguì don Giovanni.

«Fatelò venirè a casa nostrà, domenìc prossimà», rispose il padre di Maria. I due uomini si salutarono, Giuseppe sapeva benissimo che Giovanni gli aveva fatto un onore nel trattarlo a pari a pari. La sera raccontò tutta alla moglie, che parlò con la figlia, raccomandandogli di essere gentile, perché quella proposta di fidanzamento, così imprevista, poteva cambiare la loro vita. Giuseppe già sognava di vedere i loro debiti cancellati, tornare a lavorare della terra tutta loro, però poi pensò alla dote e si rattristò. Venne la domenica e dopo la messa, per l'ora di pranzo, Alvaro, il figlio di Giovanni, si presentò, mordendosi le labbra, a casa di Maria. La famiglia riunita mangiò un pasto frugale sotto il pergolato davanti casa, per fortuna che era bel tempo e la situazione non richiedeva tante chiacchiere. I due giovani mangiavano distanti, Maria taciturna, mentre Alvaro assai gioviale parlava con il suo futuro suocero e scherzava con i fratelli della ragazza. Questo incontro serviva soltanto a far capire che la famiglia non si opponeva, ma la ragazza che diceva? Maria si chiuse nella sua miseria, di fronte alla quale la scelta, fra un amore e aiutare la famiglia, si faceva assai tortuosa. Verrebbe voglia di dire che erano altri tempi, ma la vita è un dono della divinità che, con forza, si oppone alla morte. Maria rivolse le sue preghiere a Dio, verso cui si volgono gli uomini, come per rendergli omaggio e nello stesso tempo chiedere aiuto. Lo fece nella maniera che aveva imparato fin da bambina, pregando, perché la vicenda ci insegna che i ruoli sociali si variano, in maggior misura, via via che le collettività diventano più ampie e composite. Si tracciano linee di divisione tra sacerdoti e fedeli, mentre si fanno risaltare le differenziazioni tra divino e sacrilego. È un malinteso pensare che le religioni primitive siano meno eccelse delle successive, anzi furono loro a forgiare le attività essenziali degli esseri umani, come lavorare, fare la guerra e l'amore.

Maria non aveva potuto recarsi all'appuntamento con Jesi quella domenica pomeriggio, non riuscì ad avvertirlo nei giorni seguenti e nulla fu possibile fare affinché l'intera storia non fosse già di dominio pubblico, prima ancora che i due ragazzi s'incontrassero. La sera stessa il ragazzo era sceso al paese e, non vedendo Maria sui prati, passò per l'osteria del sor Furmine, dove la notizia era già sulla bocca di tutti.

«La famiglià e' Giusèpp si è sistematà!»

«Ch o' dicè?»

«L gentè!»

«M chi càzzu è sta gentè?»

«L teng vistì io magna' tuttì insiemè, Marià, Giuann e tutta a' famiglià.»

«S song fidanzati!»

«Allòr si sposanò!»

«M aro' li trovà Giusèpp e' renari ppe a' dotè?»

Fu in quell'istante che il maestro, passando nella piazzetta del paese, intravide la *guardata* di Jesi. Non gli ci volle poi molto per comprendere le ragioni di quello sguardo, forse perché proprio Rocco era stato l'unico testimone di quell'amore. Una volta, lungo i prati alti, aldilà della montagna, il maestro, al ritorno dalle sue passeggiate domenicali, li aveva intravisti da lontano. Ne aveva provato subito un caldo impeto di tenerezza, forse al ricordo di chissà quali sue vicende; ora anche a lui sembrava di aver visto, negli occhi di quel ragazzo, un demonio che nessun santo avrebbe potuto pacificare.

8

LOXIA

La prosperità della natura e la sua assennatezza cui ogni individuo anela per disposizione comune, oltrepassano alla grande ogni agiatezza dell'universo radunata insieme, al confronto ogni tesoro si deprezza, le ville lussuose s'infrangono e il successo illusorio, renella magra, si trasforma in melma. Il giorno e la notte, confrontati con la natura, si offuscano e posti di fronte alla sua gioia si fanno crudeli, mischiando acri gusti e laide ambrosie. In natura gli angeli allargano le loro piume con lo scopo di sollevare l'intelletto umano, mentre la loro eccezionale vista circonda ogni cosa da occidente a oriente e vagano dall'alba al calare del sole, dalla Terra all'infinito. Nelle cose degli uomini il Creatore, smisurato e sommo ordinatore, si abbandona alla fede e alla preghiera. Egli si serve della natura, compiendo azioni sia per i vivi sia per i trapassati, come quando chiese l'aiuto di un piccolo passeriforme per farsi togliere una spina dal suo capo, mentre le sue braccia umane, inchiodate alla croce, non erano più in grado di compiere la più banale tra le azioni. Quel crociere comune fu ricompensato, per quel piccolo favore, regalandogli fedeltà coniugale e reciproche tenerezze di tanto in tanto. Il becco dei crocieri alla schiusa è dritto, e solo dopo qualche settimana di vita comincia ad assumere la sua caratteristica curvatura. Il loro nome scientifico è loxia curvirostra, ma tra gli Appennini è proprio a ridosso del paese di Xxxxxxxxx, che trova riparo tra i mille e i duemila metri. Colui che ha tentato di aiutare il figlio dell'Eterno si nutre di pinoli e piccoli insetti, mentre giorno dopo giorno ogni cosa si logora e imputridisce e il traditore Ugolino della Gherardesca non demorde nel compito di ingozzarsi con le carni dei suoi ragazzi: il ricordo tumulerebbe qualsiasi popolarità profana se l'Altissimo non fosse riuscito a scoprire terapia ideando la natura.

Stefanicchio, prima di divenire il segretario comunale era amico di Aristide, il bidello della scuola; congiuntamente scoprirono i dintorni del paese e insieme progettarono i primi tentativi per fare del loro futuro qualcosa di duraturo e stabile. Entrambi i ragazzi, un giorno di maggio, percorrevano alcuni tratturi verso la montagna, quando videro in terra tre piccole uova, ancora non schiuse, scaraventate giù dal loro nido. Era accaduto che una femmina di cuculo avesse deposto il suo uovo nel nido di una coppia di crocieri, per poi andarsene per la sua strada. Dopo qualche giorno, il piccolo di cuculo aveva pensato bene di sbarazzarsi dei suoi fratellastri, sfruttando la sua mole più grossa e aiutandosi con il dorso, le aveva catapultate fuori dal nido. Si vede che la madre del cuculo andava di fretta, poiché i pinoli non andavano bene per il piccolo, abituato a mangiare ragni, molluschi e insetti. Stefanicchio e Aristide si arrampicarono in cima all'albero, fino a raggiungere il nido, rimisero le tre uova intatte, nonostante la caduta sull'erba, e si portarono via il nidiaceo di cuculo, che era già il doppio di dimensione rispetto alla madre adottiva. Non sappiamo se la coppia di crocieri continuò a covare i suoi tre veri figli, conosciamo però quello che avvenne al cuculo e a quei due ragazzi che se lo portarono via. Chiamarono il cuculo, Montecristo, di certo le loro prime letture contribuirono a questa loro scelta, probabilmente Stefanicchio si era impadronito di un vecchio libro e ne era rimasto affascinato. Sta di fatto che Montecristo era un animale straordinariamente intelligente e dall'appetito vorace e insaziabile. Crescendo non gli bastarono più gli insetti procuratigli dai ragazzi, fin da subito si trasformò in uno dei ladri più abili e spietati del paese. Lo misero in gabbie, costruite artigianalmente, decine di volte ma evase ogni sempre con straordinaria perizia e non comune abilità. I danni si fecero sempre più pesanti, in casa non c'era marmellata, farina, pane, pasta, insalata, salame, brodo e quant'altro che fosse indenne dal pericolo. In un primo tempo Stefanicchio lo tenne in casa propria, poi con un inganno lo cedette ad Aristide in cambio di alcuni fumetti, ma il futuro bidello capì immediatamente di essere stato turlupinato dal suo migliore amico. Lo cacciarono via da casa, ma lui tornava, non appena una finestra si apriva lui era già dentro alla ricerca di ogni cosa più o meno commestibile. Devastava con pianificato acume, quello che non poteva prendere lo rovinava. Montecristo faceva danni e rubava ogni cosa, spesso anche nelle case dei vicini, che esausti chiedevano ai genitori dei ragazzi di essere indennizzati. Un giorno portarono Montecristo, chiuso in una scatola, fino al monastero di Subiaco, durante una gita organizzata dal parroco. Lo regalarono al custode, che in cambio diede ai ragazzi due fette di torta. Tornando a casa Stefanicchio e Aristide si sentirono felici, sembrava che fossero rinati, il sole splendeva e la montagna in alto sembrava sorridere ai due ragazzi. Dopo un mese di pace e serenità, all'improvviso, Montecristo tornò, con l'aspetto dismesso e l'aria sofferente. Sembrava dimagrito e ammalato, ma nel giro di qualche settimana ritornò in perfetta salute, tutto questo a discapito dell'intera popolazione del paese. I ragazzi cominciarono a essere indicati come i responsabili delle continue rapine, ormai non sparivano solo cibo e derrate alimentari, ma iniziò anche il furto di piccoli anelli, catenine, oro e argento, senza distinzione fra rame e banconote. A questo punto i carabinieri furono costretti a intervenire e così iniziarono le indagini, furono sentiti i ragazzi e la gente iniziò a mettere bocconi avvelenati alle finestre. I cacciatori cominciarono a sparare a ogni cosa assomigliasse in volo a Montecristo, così nel paese ogni tanto si sentiva qualche colpo di fucile. Furono abbattuti corvi, colombe, gazze, piccioni, passeri e quant'altro, ma Montecristo continuava a vivere sereno. Spesso lo si vedeva appollaiato sulla torre campanaria della chiesa, dove nessuno osava sparare. Un giorno Stefanicchio partì per il militare, mentre Aristide restò in paese perché era il sesto fratello maschio della sua famiglia. Quando Stefanicchio partì, l'amico gli vide negli occhi una felicità di difficile interpretazione. Aristide visse questa forzata separazione come un tradimento da parte del suo migliore amico. Montecristo riusciva a capire quando un uomo gli si avvicinava per fargli del male, allora scompariva anche per settimane, quando il pericolo sembrava essere passato all'improvviso ricompariva. Aristide era sfinito, non trovava una ragazza e non recuperava un lavoro stabile per colpa di Montecristo, non aveva soldi e neanche un amico, perfino Stefanicchio era andato via, lasciandolo solo e tradendo la sua amicizia. Un giorno impugnò il fucile del padre e, ben sicuro di quello che stava per fare, percorse un viottolo di montagna, fino ad arrivare all'albero dove lui e Stefanicchio avevano trovato il nido di loxia, dove avevano prelevato Montecristo. Il nido era ancora là, sembrava abbandonato ormai da diverso tempo; Aristide lasciò il fucile poggiato al tronco dell'albero e poi cominciò ad arrampicarsi fino in cima, dove c'era il vecchio nido. Non c'era nessun buon motivo per fare una cosa del genere, forse la disperazione oppure la sete di conoscenza, sta di fatto che giunto vicino crebbe il suo stupore. Davanti ai suoi occhi, accumulato e ben pressato, c'era un piccolo tesoro, tutto il frutto delle rapine e dei ladrocini di Montecristo era ora nelle sue mani. Un essere umano, nella circostanza che possieda i denari per produrre, non deve essere taccagno nella costruzione dei suoi sogni. In quel preciso istante iniziò la fortuna di Aristide, cominciò a farsi dei risparmi, trovò una fidanzata e un lavoro, mentre Montecristo non si vide più in giro. Credo che esso sia sentito sempre, nel suo profondo essere, una loxia baciata dal figlio dell'Altissimo, piuttosto che un cuculo affetto da cleptomania. Qualcuno racconta di averlo visto un'ultima volta, il giorno che un uomo ritornò al paese finito il militare, dopo aver passato la naia a Udine. Aristide e Stefanicchio non ritornarono più a essere amici.

9

RITI E RITUALI

Quando un uomo prende un pugno allo stomaco, perde il respiro, il dolore gli parte dal basso e sale verso l'alto e, mentre il mondo ti si spezza dentro, allora il tutto si cuoce come se fossero *arrosticini* e la gente ti sembra che intorno sia felice e tu no. Jesi, il suo pugno allo stomaco, lo prese come se fosse qualcosa di straordinariamente anomalo, con la certezza di far finta di non capire. In amore, ci sono persone che se la prendono con se stessi, c'è gente che inizia immediatamente a odiare la creatura che ispira il loro sentimento, infine, ci sono individui che esprimono disprezzo sia per l'avversario sia per l'oggetto dei propri desideri. Jesi non smise di amare Maria, non iniziò a esecrare Alvaro, neanche pensò a combattere se stesso. Quello che fece fu inabissarsi in un bagno infinito di mille sensazioni, tra amara consapevolezza, lasciva vendetta, lutto autolesionista, rinascita acre o dolorosa rivincita. L'amore lo perseguitava ogni minuto della sua lunga giornata, ma era certamente la domenica pomeriggio, facendosi strada in tutte le sue architettate difese della sua coscienza, che l'impossibile pensiero si faceva vivo.

Jesi, per il suo lavoro di pastore, si avvaleva dell'aiuto di dieci pastori abruzzesi, dal manto bianco e dal pelo così folto da metterli al riparo dal freddo invernale e dai morsi dei lupi. A quei cani dedicò il suo amore e loro lo ricambiarono, a loro modo, con i loro guaiti, con il loro livore, con la loro furia animalesca e l'esagerata fedeltà. Alla più piccola del branco aveva imposto il nome di Alaska, l'aveva presa in braccio, la prima volta, che era ancora una cucciola impaurita di pochi giorni, ma dopo qualche mese era già una cagna piena di una calma serafica, assai differente da qualunque altro cucciolo. Gli sedeva accanto, quando sapeva che era il momento, non ricercando carezze, ma godendosi la sua compagnia. C'erano sua madre Dalia e suo padre Generale, entrambi dei magnifici esemplari; Alaska, però, era qualcosa di diverso, dove Maremma e Abruzzo avevano intricato per regalargli il meglio.

Nel paese di Xxxxxxxxx, per fidanzarsi con una ragazza era costume "mandare la serenata". L'intera faccenda era cosa complessa e delicata, perché per prima cosa bisognava reperire sia il cantante sia gli orchestrali. Se non c'erano tanti quattrini erano i ragazzi del paese ad aiutare il pretendente, ma se la famiglia era benestante, allora si andava a cercare qualcuno da fuori con una bella voce. Per evitare che la serenata non fosse gradita, prima di iniziare qualsiasi sfoggio, s'inviava un paraninfo per sentire se la famiglia della ragazza fosse d'accordo. Dopo la risposta affermativa della famiglia si stabiliva la data, in genere un sabato sera. Accettare la serenata non indicava però che il fidanzamento fosse gradito, significava solo aver apprezzato l'onore di riceverla e null'altro. Le due famiglie si erano parlate, Giovanni Pasini, il padre del pretendente, non aveva badato a spese, infatti, aveva arruolato dei suonatori provenienti da Anagni e un cantante di provata bravura. La serenata diede inizio al suo lunghissimo giro qualche minuto prima della mezzanotte, guidata da Alvaro, il pretendente. Lungo le viuzze del paese, in una pace generale; rotta da qualche abbaiare lontano di cani, il gruppo si diresse sotto le finestre dei genitori della ragazza. La tradizione voleva che alla prima canzone le persiane restassero chiuse, per non dare l'impressione che non si vedesse l'ora di ricevere una visita. Al secondo brano si doveva accendere qualche luce della casa, come per dare l'impressione che in casa ci si fosse svegliati appena adesso e, nella confusione di sapere cosa stesse accadendo, si scostavano le tendine spiando tra gli scuri socchiusi. Al terzo brano le luci della casa si dovevano accendere tutte, mentre la ragazza timida, sollecitata dalla famiglia, si affacciava alla finestra per gradire la serenata. E così avvenne, mentre il cantante intonava *Maria Mari'*, la giovinetta apparve alla finestra con la sua virtuosa figura, seria, con un'espressione enigmatica, bella come non mai, per Jesi che la guardava da lontano.

A Jesi bastò questa visione, per poi riprendere la via della montagna, avvolto in un montgomery inglese, residuo dell'ultima guerra. Saliva, passo dopo passo, senza aver voluto vedere Maria lanciare un fiore, come segno di gradimento per la serenata. Il corteo sarebbe poi andato a ossequiare il fratello sposato di Maria con un altro paio di brani musicali, per poi proseguire davanti casa degli zii della ragazza. Alla fine si concludeva il tutto davanti all'osteria, dove i musicanti si riposavano, rinfrescandosi con qualche bicchiere di buon vino. La vera cerimonia sarebbe avvenuta a mezzogiorno, quando, organizzato un rinfresco per tutto il paese, si sarebbe aspettato l'arrivo della ragazza con tutta la sua famiglia.

A Jesi non interessava vedere Maria ricevere l'anello di fidanzamento dalle mani di Alvaro, neanche vedere mangiare e bere tutti i paesani. C'era sempre la possibilità che a partecipare alla festa venissero solamente il padre e la madre della ragazza, solo per prendere un caffè e poi andare via, ma questo avrebbe significato che il fidanzamento era stato rifiutato. Le cose non sarebbero andate così, la famiglia di Maria avrebbe accettato e lui, il prima possibile, avrebbe dovuto dimenticare tutto, magari vendere il suo gregge e andare a lavorare nella capitale, dove cercavano manovali e operai.

Jesi, avvicinandosi al suo gregge, non sentiva l'abbaiare dei suoi cani, che già a qualche chilometro gli annunciavano il loro vigile operato. A qualche centinaio di metri sentì solo un flebile guaito di dolore, era la sua cagna Alaska, che trascinandosi gli annunciava l'unica cosa che un pastore possa temere. I camorristi gli avevano rubato il gregge, gli avevano ucciso tutti i cani a badilate, mentre Alaska gli moriva tra le sue braccia. Le vide subito le tracce, le pecore erano state raccolte e in fretta e furia portate verso la strada per Xxxxxxxxxxx, dove le avevano ammucchiate su quattro autocarri e poi di corsa, lungo una strada bianca, verso Cassino. Le pecore in più, che non entravano sui camion, le avevano uccise sul posto e caricate una sopra all'altra, poi con calma le avrebbero macellate a destinazione. Erano state poco meno di venti persone a partecipare alla razzia, tutte provenienti da oltre confine, ma con un basista nel paese. Lo dimostrava il fatto, che gli avevano rubato le sue bestie e non quelle di don Bartolommeo, che teneva a pascolo in cambio di un compenso fisso. Inutile la denuncia ai carabinieri, inutile rincorrere a piedi i malfattori, tutto questo significava la sua rovina. Fu in quella lunga notte che Jesi dovette interrogarsi sul da farsi, eliminando le soluzioni dettate dalla rabbia, cercando di ragionare con la testa e non con il cuore, come un pastore errante, sotto a una candida luna calante.

10

STORICISMO

Diversi anni prima, quando arrivava l'autunno, per i pastori veniva il tempo di trasferire le loro mandrie verso luoghi più caldi, in maniera da superare la stagione invernale nei migliori dei modi. La transumanza in Italia utilizzava delle vie erbose ben note, oltre tremila chilometri di tratturi che dall'Abruzzo, passando per il Molise, la Basilicata e la Campania, arrivavano fino al Tavoliere delle Puglie. Finito l'inverno, gli animali risalivano i tratturelli per tornare ai pascoli montani dell'Appennino centrale. La transumanza si protraeva per diverse giornate e, lungo il cammino, ci fermava presso stazioni di posta, campi di sosta, piccoli paesi, caciare, capanne, chiese rurali e santuari. Giuseppe, il padre di Maria, a quei tempi, prima della guerra, faceva anche lui il pastore e si faceva aiutare dal rampollo più grande. Padre e figlio raccoglievano le loro cose e s'incamminavano con le loro poche pecore, frammischiate a quelle degli allevatori più grandi. In transumanza era indispensabile avere i cani guida e anche quelli da difesa, perché tenevano lontano pericoli e malintenzionati. Altra cosa fruttuosa erano un paio di asinelli da soma, su cui riporre il cibo e quanto poteva essere utile durante il viaggio. Finita la guerra, Giuseppe e suo figlio Roberto ripartirono. Lungo il viaggio mangiarono la salsiccia, i peperoni fritti e le patate, il tutto infilato in una mezza pagnotta scavata dentro. La sua doppietta, Roberto non la lasciava mai, la teneva aperta senza cartucce, al posto del bastone e si poteva capire di che umore fosse, in base alla posizione con cui la portava; sulla parte sinistra, sulla spalla destra, di traverso, poggiata al braccio, a tracolla, secondo le sue esigenze. Suo padre Giuseppe gli aveva detto di lasciarla a casa, ma su certe cose era meglio lasciarlo stare. Il ragazzo non era cattivo, rispettava il padre, ma aveva le sue idee; taciturno, quasi mai sorridente, assai serio, per niente sfaticato. Durante il viaggio il loro bestiame si mischiò, lungo la strada, con quello di altri pastori, per ricomporre la mandria non fu impresa facile, al momento della separazione, Giuseppe si accorse che gli mancava una pecora, che si era mischiata con quelle dell'altro gregge. Si era avvicinato per riprendersela, ma l'altro pastore gli gridava contro e gli aizzava i suoi cani, accelerando il passo e gridandogli in un dialetto incomprensibile. Giuseppe se la voleva riprendere, ma la cosa si stava complicando; non gliela voleva far passare liscia, ma si trovava in difficoltà. Non se ne accorse neanche, ma vide all'improvviso suo figlio Roberto accanto all'altro pastore, teneva una caciottella in mano, ne tagliava una fetta e gliela offriva. L'altro la prese e stava per allontanarsi veloce, quando vide Roberto che aveva in mano la doppietta pronta all'uso. La pecora contestata fu spinta, immediatamente, verso il suo gregge originario e la questione si risolse così.

«Puah!» Roberto sputò in terra.

Giuseppe, avvicinandosi al figlio, senza smettere di rimirare la campagna intorno e il suo gregge, gli domandò:

«Chè e' aie dettò?»

«Chè nun poteva!»

«Andiamocenè!» sussurrò il padre.

«Nòn si può.»

«Pecché?»

«Aspettiàm Alberto.»

«Già, è verò. Si sicurò ca' sia qui?»

«Cosà?»

«Ch o' amma aspettare.»

«Sì, papà! Ha ritt nnanze a' quercia.»

«Eccòl laggiù, e' vacchè e' Albertò!» disse il padrè.

«S sentòn e' campanacci.»

«Aie vistò laggiù? Accànt a Pinocchiò, ci song duje pecorè ca' nun song e' nostrè.» disse Giuseppe.

«Sì, l'hò vistè. O' canè e' sta odorando.»

«Lasciàl andarè, pecché sarànn ro' pastòr ca' avimm incontràt prima.»

«Cèrt papà!» disse Roberto.

Una volta arrivato il pomeriggio, la mandria messa al riposo, le bestie munte, acceso il fuoco, scaldato il latte per farlo cagliare, la ricotta che si scioglieva in bocca ancora ben fresca, i cani che abbaiano a ogni odore diverso, al pericolo del buio. La sera, prima di addormentarsi, Roberto tosò la lana di una delle due pecore, per camuffarla e farla sembrare una delle loro, mentre l'altra, la più piccola, la macellò in fretta, in maniera di avere carne per tutto il viaggio. Il ragazzo era fatto così, non avrebbe rubato mai niente a nessuno, ma se qualcuno tentava di farlo scemo, allora non aveva scrupoli a vendicarsi. Giuseppe andava in chiesa ogni volta che poteva, durante il viaggio pregava, mentre il figlio aveva le sue leggi, rispettose del capofamiglia, ma con una filosofia di vita diversa da quella del padre. Durante la notte, Giuseppe si svegliò di soprassalto, preso dall'orrore di un sogno. Il figlio gli si avvicinò.

«Ho fatto nu' sognò!» disse il padre.

«Nòn raccontarlò!»

«H sognàt chè...» ma Roberto si allontanò per non ascoltarlo.

«A chi bbuo' ca' li raccònt e' mie sognì angosciosì, si nun a tè?»

«I tuoi nun song sognì ma premonizionì. Megliò ca' restìn segretì. Saje bbene ca' nun soppòrt cheste cose.»

«Cèrt vote' me domànd si tu, figlie miò, voltànd o' sguardò, piens e' farlà francà?»

Il sole sorgeva, Roberto scaldava un po' di latte appena munto insieme a del caffè in polvere, mentre Giuseppe si rimetteva le scarpe. Furono pronti in pochi minuti e così ripresero il cammino. I borghi vicini sonnecchiavano tuttora, con l'erba bagnata perché aveva piovigginato, e nei campi ci si piantava per via del fango. All'improvviso, nel silenzio della campagna, si udì un boato. Giuseppe vide saltare in aria alcune pecore e poi una grandine di schegge tutto intorno, mentre le bestie chiamavano aiuto, i cani abbaiavano, gli uomini pietrificati e immobili con gli occhi a cercare i propri cari, le urla di avvertimento. Giuseppe cercò suo figlio e non vedendolo gli gridava.

«Robertoooò! Aro' seì? Staje fermò, nun te muovere!»

«Sòn qui papà!»

«Sant Rità!»

«Ch è successò?»

«Un minà, figlie miò!»

Doveva essere stata una mina saltante, una di quelle che al passaggio era sparata verso l'alto, per esplodere a circa uno o due metri d'altezza, spargendo, tutt'intorno, un nugolo mortale di shrapnel e frammenti d'acciaio.

«Andiàm a vederè!» gridò Roberto.

«Nò!» disse Giuseppe.

«Pèrché nun si può?»

«Andiamocèn sui nostrì passì. Torniàm indietro.»

«Aspettà, ci song re' pecorè ferite.»

«Richiàm e' canì e spostiàm o' greggè, poi verimm così si può farè!» esclamò Giuseppè.

Altra gente sopraggiungeva, attirata dal boato. Ciascuno diceva la sua, c'èra chi parlava di *schrapnellmine* e campi minati, mentre altri ringraziavano la divina provvidenza.

«Lo vir' Robertò? Avimm rischiàt e' morirè. Ppe duje pecorè rubatè, ne avimm persè seì e ferite altrettante. Valevà a' penà?»

In seguito, lanciando un gancio legato a una corda, Roberto recuperò le carcasse delle pecore, per poi proseguire il cammino verso altri tratturi. In quella zona era passato il fronte e, i campi minati, benché bonificati, mietevano ancora delle vittime. I padroni delle pecore avrebbero avuto da dire, ma questa è un'altra storia, fatta di miseria e sventura.

11

IEROFANIE

L'ultimo sabato del mese di agosto venne improvviso, si portò con sé la festa di sant'Antonio, con la sua processione dedicata a un uomo morto a trentasei anni, considerato il "martello degli eretici", per come aveva pesantemente sciolto le miscredenze catare e albigesi in Francia. Il paese lo festeggiava con una processione, dove gli uomini della confraternita che portava il suo nome, vestiti con il saio francescano, passavano per il borgo nel silenzio più assoluto, mentre le donne seguivano il corteo portando ceri in segno di ringraziamento per le grazie richieste. Se per il santo, appena scomparso, si accese uno scontro violento, una vera guerra, per dove le sue spoglie dovessero riposare, se a Padova o all'Arcella, anche a Xxxxxxxxx, da prima della guerra, c'era acredine tra gli abitanti. Vi erano, infatti, quelli della confraternita che tenevano per sant'Antonio di Padova, poi c'erano le vecchie famiglie, sostenitrici di san Bernardino da Siena, che era, a tutti gli effetti, il patrono del paese, per averlo difeso miracolosamente, quando le cose si erano messe male, durante le guerre rinascimentali. I contadini, che invece abitavano i dintorni, veneravano san Rocco, sicuramente uno dei mistici più conosciuti durante il medioevo, assai utile in caso di peste oppure per preservare gli animali domestici dalle insidie, oltre a rendersi assai utile contro le grandi calamità come i terremoti. Prima della guerra, le tensioni, tra chi difendeva un santo e chi ne sosteneva un altro, iniziarono in maniera strisciante ma poi si fecero sempre più astiose e velenose, fino ad arrivare a veri e propri scontri fisici, senza esclusione di colpi, dove le mazzate volarono copiose e sonore. Le risse furono materia per l'allora maresciallo dei carabinieri, ma non risolsero l'inconveniente maggiore, perché gli ematomi e gli arti doloranti guarivano, ma rimaneva il risentimento tra le famiglie. Il paese si divise, al punto che si beveva insieme solo se la si pensava nella stessa maniera; inoltre non ci si sposava più tra fanatici antagonisti. Il podestà, padre del sindaco attuale, cercò in ogni maniera di quietare la popolazione, con l'aiuto del parroco e l'intervento di tutti i capifamiglia, anche perché l'economia del villaggio stava pesantemente crollando per via di questa guerra religiosa. Diciamo che il controllo della situazione si attestò su livelli di guardia accettabili, come se la pandemia avesse superato il suo apice più elevato, per andarsi ormai a risolvere, quasi da sola, nel dopoguerra. Nonostante che tutti gli abitanti, col passare del tempo si fossero rappacificati, ogni volta che si avvicinava la data fatidica della processione, si tornava ad avvertire un aumento dell'elettricità nell'aria. Il primo anno il nuovo maestro se la rise quando venne a sapere di quella guerra tra santi, non aveva certo dimenticato i racconti di Giovanni Verga, però vedere passare tutte quelle persone silenziose e quelle donne che speravano in un miracolo, gli chiuse il rubinetto della razionalità. Quell'ultimo sabato di agosto, i contrasti vertevano sul percorso della processione, in più bisognava decidere chi dovesse venire dopo l'argentea statua della Madonna adornata di oro e quella di suo figlio. Sul Salvatore, chiaramente, nessuno aveva da eccepire, però la confraternita auspicava che fosse sant'Antonio ad avere la meglio su san Rocco, che storicamente lo sopravanzava nel diritto di sfilata. Inoltre quest'anno, del tutto eccezionalmente, vi era anche il busto di san Bernardino con annesse alcune reliquie del santo, che dovevano trovare una degna accoglienza. Non vi erano particolari problematiche sulle lanterne e le croci, che sfilavano a cura delle singole famiglie. Avrete capito che era questione di vita o di morte, per ciascuna fazione, se a sfilare per primo, dopo la Madonna e suo figlio, fosse san Rocco, sant'Antonio o san Bernardino. A decidere doveva, in teoria in tutta autonomia, don Alessandro, il parroco, in realtà anche la confraternita aveva diritto a dire la sua, non prevaricando i diritti degli altri fedeli.

Fu subito guerra! Il vescovo, anche lui, fu tirato dentro la mischia, senza contare il maresciallo Altamura, che sentiva di notte i colpi di doppietta, oppure il sindaco Pesce, che continuava a ricevere lettere anonime. Gli unici a tenersi fuori da ogni cosa e a continuare a fare i lori affari, erano don Bartolommeo, il maestro Ardigò e zi' Carmelo, così come l'oste Furmine. Il resto del paese era, consenziente o non volente, tutto coinvolto. La sera verso le otto, la campanella della chiesetta in cima al paese iniziò a suonare per chiamare a raccolta gli accoliti della confraternita. Ognuno dei partecipanti, con il saio indossato, risaliva le viuzze del paese per raggiungere il punto di raccolta da dove sarebbe iniziata la processione. Alle nove precise la banda, che era stata assoldata da un paese abruzzese vicino, iniziò a far risuonare una musica sacra. Il corteo si apriva con una campanella suonata in maniera cadenzata, poi un'enorme croce, cava dentro per pesare meno, portata da un uomo solo, si faceva lentamente strada tra la popolazione. La statua della Madonna, ornata da ori e illuminata da minuscole lampadine, alimentate da una batteria d'auto ben celata sotto le gualdrappe, faceva la sua bellissima figura. Il figlio più povero e dolente gli veniva appresso, come se tutti gli altri gli avessero rubato la scena. Dopo di lui, si era deciso di far sfilare il busto di san Bernardino, cui san Rocco, solo per quest'anno, aveva ceduto il posto, per via del fatto che l'ospite veniva da lontano e quindi gli spettava quest'onore. Dopo di lui ecco sant'Antonio, con il suo baldacchino sfavillante, per via del fatto che la confraternita, tassandosi e sacrificandosi, aveva dato lustro alla statua con tutta una serie di abbellimenti. In effetti, passando tra le genti, la scultura sacra dava il meglio di sé e i paesani si sentivano orgogliosi di fare così bella figura. Ecco, infine, san Rocco, certamente meno abbiente, ma con la sua statua fatta di legno antico e con tutti quei suoi attributi che lo rendevano unico: il suo abito povero, la conchiglia del pellegrino, il cappello a tesa larga, la zucca per l'acqua, il bastone col quale poggiarsi, il borsellino, la croce sul cuore, la piaga della peste sulla gamba e, tra i piedi, il suo piccolo cane con in bocca un tozzo di pane. Povero e bello come i contadini lo vedevano; carico di affettuosa tenerezza. Venivano a chiudere la processione tutti i membri della confraternita, in due file contigue e parallele, se non fosse stata per una piccola e lacera statuina di santa Rita, sortita da chissà quale umida cantina della parrocchia. Il volto era stato ridipinto dal maestro, su invito di don Alessandro, mentre gli abiti erano stati rattoppati alla meglio e rammendati da Giulianella, la femmina che Rocco aveva incontrato, racchiusa nei suoi neri abiti, quando era giunto per la prima volta al paese. Il baldacchino, così leggero e tarlato, era portato da due soli facchini, zi' Carmelo e Furmine che, con lenta camminata, se lo trascinavano sulle spalle, senza bisogno di nessun cambio o riposo, proprio per via della sua leggerezza.

Sarà stata per quella sua aria così malmessa, sarà che il culto di santa Rita è trasversale in tutta Italia e assai presente, sarà quel che sarà, sta di fatto, che un grido rauco risuonò basso in un silenzio totale.

«Viva santa Rita!»

Una volta, e poi quasi in risposta un altro grido.

«Viva santa Rita!»

Questa volta era stato il maestro a farsene carico, sarà stato per il fatto che la sua mammina ne era stata sempre devota, ma non fece in tempo a fermare quello strillo in gola. E non fu il solo, perché gliene rispose un altro, questa volta più vivido ancora, io direi sparato.

«Evviva santa Rita!»

La rabbia esplose rapida, perché una delle tacite tradizioni vuole questa processione unica, proprio per via del fatto che deve essere silenziosa, lo impone la storia, lo vuole la confraternita, lo prega il gusto religioso, lo richiede il rispetto per l'intero paese. Arrivò subito l'ordine di zittire.

«Ssshhh! Sssshhh!»

«Silenzio!»

Rispose intrepido e coraggioso, io direi temerario, un verso, questa volta scandito lettera per lettera, che si sarebbe sentito da nord a sud, per quanto splendente e chiaro fu strillato.

«V-I-V-A S-A-N-T-A R-I-T-A!»

In genere, è tradizione nelle altre processioni, tranne in questa di fine agosto, che i portatori della statua rispondano alle acclamazioni, ripetendo il nome del santo acclamato. Forse per abitudine errata oppure per vera vocazione, sta di fatto, che zi' Carmelo e Furmine se ne fecero carico e risposero ad alta voce.

«Sempre santa Rita!»

A questo punto, i membri della confraternita che gli erano più vicini redarguirono i portatori della statua della santa, ma la stradina in quel punto del percorso non era ben illuminata e così sembrò che quelle grida fossero una vera e propria provocazione fatta contro sant'Antonio e la confraternita.

Zi' Carmelo e Furmine si ritrovarono accerchiati dai devoti di sant'Antonio, che li pressavano e li spintonavano, mentre la statuina della povera santa, si avvicinava sull'orlo di un ponte fatto in pietra. Volarono i primi calci e qualche schiaffone, quando improvviso ci fu un tuono e una rabbia infinita che, lanciatasi da una *cona*, si tramutò in un demone assai determinato. Era Jesi che, spuntato dal nulla, si aprì la strada fino a santa Rita e questa volta a pugni e a calci sostenne la fatica immane di essere quel che era e quel che voleva essere. Ci fu un boato di folla e grida di rabbia, poiché nella confusione non si sapeva più chi fosse il nemico e chi l'amico, scambiando il compagno per l'avversario. A qualcuno venne il sangue al naso, ma sembrava che la confraternita potesse avere la meglio, per via del numero assai consistente dei fratelli, quando una bastonata e poi un'altra venne da dietro e dall'alto, questa volta nel buio più completo, perché l'unica lampadina comunale era saltata. Qualche testa si spaccò e sembrava che santa Rita lacrimasse sangue, per via degli schizzi che l'avevano raggiunta.

La gente era quella di sempre e anche la pazienza si era esaurità, quando una minoranza sembra avere la meglio allora la maggioranza si fa rabbiosa e prende le distanze aumentando il dolo. A qualcuno venne in mente di prendere in mano il coltello, mentre il caos, il disordine e un'accozzaglia di persone si tramutavano in uno scompiglio assai pericoloso. In quel momento partirono dei colpi di pistola, prima uno poi un altro e di seguito altri due. Nel paese si sa riconoscere dal rumore, se a sparare è una doppietta da cacciatore o l'arma di un carabiniere. La folla travolse ogni cosa e ognuno trovò una via di fuga, tutti si gettarono per l'unica via di ritirata, verso la piazza del paese. In pochi attimi nella strada non rimase nessuno. Alla luce della luna si vedevano solo zi' Carmelo, l'oste Furmine, Jesi e il maestro, con un legno duro in mano e la povera santa Rita, mentre il maresciallo Altamura, in cima a una viuzza laterale, con ancora l'arma in mano fumante, li guardava con uno sguardo sardonico. Non era un caso che avesse sparato in aria tutti quei colpi con la sua Beretta M34, in fondo, anche sua madre da bambino gli portava una rosa nel giorno di santa Rita.

12

L'INFELICE FELICITÀ

La sera stessa e il giorno dopo, tutto il paese ricercò la verità degli eventi accaduti, senza per questo riuscire a trovare una spiegazione di quanto accaduto. Don Alessandro sul pulpito aveva condannato gli eventi, mostrando la statua di santa Rita, una volta ritornata in chiesa, con le guance ancora tristemente lordate di sangue. Qualcuno aveva gridato già al miracolo, ma il parroco era intervenuto reprimendo i fedeli, invitando tutti a confessarsi e a ricevere la comunione. La gente sembrava scossa, vergognosa di quanto accaduto, pochi i testimoni, per la maggior parte inattendibili, molti incappucciati nel momento del parapiglia, diversi con i segni evidenti delle percosse ricevute. Gli unici ben identificati erano zi' Carmelo e Furmine, ma nessuno di loro ne aveva date, semmai ne avevano ricevute, non potendo mollare il baldacchino, avevano tenuto duro, si erano sobbarcati tutti i colpi, ma senza poter rispondere. Su questo Don Alessandro era stato ben chiaro.

«Si vi devono èssiri colpevoli, nun sunnu iddi dui, ma l'intera coscienza do' paìsi. Chi fussi ben chiaru, sunnu stati iddi, comu Gesù nta jornu do' suo calvario, a aviri tinuto jàutu e difeso 'n simbolo sacro. Uara tocca a tutti nuatri spiari u perdono, avanti a Diu, e sìenza aviri cchiù propositi ri vendetta», aveva detto il parroco durante il suo sermone nel suo siciliano grossolano, in fondo, anche la messa in latino non era maggiormente comprensibile. Qualche giorno dopo, il maresciallo Altamura incontrò Jesi presso la Serra di Sant'Antonio, dove l'Abruzzo incontra il Lazio, quando nel medioevo i saraceni erano passati, dopo aver razziato Subiaco. La stessa via che anche Annibale aveva utilizzato, quando decise di non puntare su Roma, ma di aspettare e andare a svernare verso il meridione.

«Allora Jesi, ho saputo di quello che è successo alle tue pecore. Nei prossimi giorni devi passare in caserma per fare la denuncia!» gli disse il maresciallo.

«A ca' servè? Nun servè a nientè!»

«Tu passa lo stesso. Non si sa mai. Ho telefonato a qualche collega dei paesi vicini, casomai qualcuno avesse visto qualcosa.»

Il pastore annuì e proseguì lentamente il suo percorso verso l'alto, dove una piccola statua di una madonnina si affacciava verso le terre dei Torlonia, verso la Piana del Fucino. Dopo qualche giorno Jesi scese al paese, per passare dalla caserma dei carabinieri, dove scrisse il suo nome su due fogli di carta, in cui denunciava il furto delle sue pecore. Uscendo fece delle compre e si trattenne nell'osteria del paese, come se avesse bisogno di ristoro. Nel pomeriggio una vecchia del paese avvertì che alcuni contadini avevano ritrovato il cadavere di un uomo dentro a un torrente, come se fosse precipitato da un ponticello di legno, mentre lo attraversava. Si trattava di Salvo, l'uomo di fiducia di Giovanni Pasini, il padre di Alvaro, il giovane che se la faceva con Maria. Il corpo fu trasportato a Frosinone per l'autopsia, mentre il maresciallo Altamura faceva i primi rilievi e il procuratore, avvertito per telefono, chiese se ci fossero elementi per desumere che si fosse trattato di un incidente. Tutto sembrava avvalorare la tesi che Salvo stava attraversando il torrente, camminando su due assi di legno messe in quel punto per agevolare il passaggio e che, dopo aver perso l'equilibrio, fosse caduto sulle pietre sottostanti, battendo violentemente il capo sui massi. Nulla sembrava avvalorare versioni dei fatti discordanti. Il maresciallo Altamura sapeva benissimo che era Salvo, a curare i rapporti d'affari che Giovanni Pasini aveva con la gente di Cassino, ma l'unico possibile sospettato in quelle ore era in caserma a fare la sua denuncia. Sempre per caso, dopo qualche giorno il maresciallo incontrò don Bartolommeo, che camminava in compagnia del maestro, a due passi dalla sua casa. Dopo essersi salutati, i tre uomini si misero all'ombra di un enorme castagno e parlarono del più e del meno, senza far caso al tempo che passava. All'ultimo, proprio quando si stavano per salutare, il maresciallo disse qualcosa, così, come se gli fosse uscito senza volere.

«Avete saputo di Salvo? Morire così!»

«Forse aveva bevuto e' prima matina e nun avrà vistò e' tavole e' legno. Stava sempe mbriaco pure isso», sussurrò don Bartolommeo.

«Voi dite?» chiese il maresciallo.

«Nun o' so, ma cacc vota o' vedevo bevere e' matina all'osteria cu Aristidè, o' bidèll», rispose don Bartolommeo.

«E lei maestro che ne pensa?» domandò il carabiniere.

«Una volta Darwin dedusse che per impollinare una rarissima orchidea, ci sarebbe voluta una libellula con una proboscide lunghissima. Tutti gli esperti considerarono l'idea come surreale e impossibile, poi scoprirono una libellula con una proboscide assai estesa.» confutò il maestro.

Il maresciallo guardò il maestro con due occhi divertiti, ma non volle aggiungere o chiedere altro, come se dovesse approfondire, quanto avevano sentito le sue orecchie. I tre uomini si salutarono e ognuno di loro prese una via diversa. Nei giorni a venire il maresciallo, in maniera discreta e appropriata, riuscì a sentire Aristide, il bidello della scuola elementare, che gli confermò di aver bevuto qualche bicchiere con Salvo, proprio quella mattina dell'incidente.

«Salvo, stava ubriaco quando si è allontanato?»

«Aveva bevuto, ma non era ubriaco, stava messo bene. Mi aveva detto che aveva delle commissioni da fare su per i campi, per conto di don Giovanni», gli raccontò Aristide.

Il maresciallo condusse le indagini in maniera impeccabile, infatti, lesse attentamente il rapporto della perizia effettuata sul corpo di Salvo, che rendeva compatibile le ferite riportate con la sua presunta caduta dalle assi di legno. Convocò in caserma don Giovanni Pasini per capire quali fossero i loro rapporti di lavoro e, se quel giorno, Salvo avesse delle commissioni da espletare per conto del padrone.

«Salvo lavorava anche per me, lo sanno tutti, ma non si occupava delle mie cose. Se c'era qualche buon affare, me lo proponeva. Alla fine ci scappava sempre qualcosa per lui, era un mediatore», raccontò don Giovanni.

«Dove andava quel giorno Salvo?» chiese il carabiniere.

«Gli avevo detto di andare a vedere se era pronta la legna da trasportare al paese, ai limiti del bosco grande, sotto il monte. Al ritorno si doveva occupare di avvertire i compaesani che ne avevano bisogno per mettersi d'accordo», disse l'uomo.

«Si occupava anche di pecore?» domandò il maresciallo.

«Nossignore!» rispose il possidente.

Vennero altre domande, nulla di rilevante, niente che potesse far capire che l'incidente fosse stato provocato oppure che qualcuno avesse spinto Salvo. Il maresciallo Altamura sapeva benissimo che in paese erano due le fazioni principali, intorno alle quali, girava l'economia di tutto il borgo. Da una parte c'era la famiglia Pasini, che controllava il commercio, i negozi e le nuove costruzioni, mentre dall'altra si stagliava don Bartolommeo, che controllava le campagne e il bestiame. Tra di loro, fino ad ora, c'era stata solo una sana competizione, tanto che Giovanni affittava i locali in paese, anche se non ne aveva bisogno, soltanto per evitare qualunque concorrenza. Don Bartolommeo, nel silenzio, rispondeva a modo suo, anche di questo aveva cognizione il maresciallo.

Quando Bartolommeo era ancora un bambino, un bravaccio imperversava tra i ragazzini del paese; era noto come Giovanni Pasini. Aveva la stessa età di Bartolommeo, anzi forse qualche anno in meno, a vederlo non sembrava cattivo. Non possedeva, all'epoca, un fisico robusto; era provvisto di un corpo asciutto e di materia cerebrale. Chi lo aveva visto all'opera sapeva di cosa era capace. In famiglia era cresciuto senza troppe privazioni, il suo babbo non era ricco, ma un lavoratore affidabile e onesto. Sapeva leggere e scrivere e a scuola non era meno bravo degli altri. Il maestro lo considerava un bravo ragazzino, che ascoltava senza creare confusione. Con i grandi ci sapeva fare, in apparenza ubbidiente e remissivo, quasi mai creava problemi. Bartolommeo lo aveva osservato più di una volta in azione; ormai pensava di aver capito in cosa Giovanni fosse forte. Quel ragazzino era determinato e senza scrupoli, quando voleva, picchiava senza nessuna paura di far male. Testate e ginocchiate le utilizzava senza alcun risparmio, ma andava forte anche con i pugni. Il suo modo di battersi era rapido e conclusivo. Quando ti picchiava, non ti metteva in allerta, non ti dava il tempo per metterti in difesa, te le dava subito di santa ragione, senza avere scrupoli di sorta, con morsi e ditate negli occhi. Se ne fregava di rubarti giocattoli o focacce, puntava ai soldi, e a qualunque altro oggetto da cui ci si potesse ricavare denaro. Non sapevi mai cosa gli passasse per la testa. Se lo denunciavi al maestro o ti lamentavi in famiglia, il giorno dopo ti gonfiava di botte e ti faceva il segno del silenzio. Ormai nessun ragazzino lo sfidava più, tutti i bambini sapevano di cosa era capace. Quelli più grandi lo lasciavano stare, perché una volta che avevano avuto a che farci, poi uno si era preso una badilata in faccia e l'altro un colpo di forcone. Per ottenere la sua fama, ci aveva messo tempo e speso tanta energia. Giovanni, giorno per giorno, era cresciuto in altezza e in nomea; neanche uno era capace di ostacolare i suoi progetti. Alla sua età aveva già una doppietta e si allenava nei boschi a sparare, non c'era arma bianca che non sapesse usare. Sembrava una potenza cieca. Ormai non aveva più bisogno di battersi e lui aveva l'intelligenza di non superare certi limiti, non taglieggiava nessuno ripetutamente, così come non colpiva bersagli troppo ambiziosi. Non aveva amici, neanche un cane. Un pomeriggio, durante una calura eccezionale, Bartolommeo capitò lungo un tratturello isolato ai confini di un campo di patate. Aveva una moneta che lanciava in alto per riprenderla non appena ricadeva. Se la stava godendo pensando a come l'avrebbe potuta spendere, quando, alzando la vista, si accorse di Giovanni Pasini, il bravaccio della scuola. Lo aspettava con lo sguardo enigmatico, mentre entrambi sapevano come sarebbe andata a finire. L'altro allungò la mano con il palmo in alto, facendogli semplicemente intendere di dargli la moneta. Poi, come volesse essere più preciso, disse qualcosa.

«Dammelà!»

Bartolommeo lo aveva sempre saputo che, prima o poi, sarebbe accaduto; diciamo che fino a ora non era mai avvenuto, solo perché egli non aveva mai posseduto nulla, oppure non c'era stata l'occasione giusta. All'epoca Bartolommeo non aveva mai fatto vita da strada, non sapeva cosa fosse fare a botte o a pugni, a parte qualche fumetto dell'Uomo mascherato, non aveva una cognizione pratica di combattimenti. Aveva imparato a scuola a prendere un cazzotto in bocca, senza poter reagire. Bartolommeo non faceva mai a pugni, risolveva le questioni sempre con i modi e le parole giuste, ma ora aveva a che fare con una bestia. Fu questione di un solo attimo, bisognava decidere in fretta, se voltarsi e tentare la fuga a gambe levate oppure cedere e dargli quanto richiesto. Bartolommeo all'epoca aveva un fisico pari a quello di Giovanni, ma qui non si trattava di gagliardezza, vigoria, energia, robustezza, potenza o forza. Si trattava di colpire per fare male, come quando si uccide un vitello, si tira il collo a una gallina, si rompe il collo a un coniglio, si strappano le viscere a un agnello. In quei pochi secondi l'adrenalina ebbe il tempo di agire ed entrare in circolazione; stimolando l'attività cardiaca di Bartolommeo, aumentandone la pressione arteriosa, dilatandogli i bronchi e le pupille, lavorando sulle sue arterie viscerali. Si ricordò di quando a scuola, durante la ricreazione, Giovanni colpiva sempre per primo i suoi avversari.

«Allorà? Me a' dai chesta monetà, o' me a' aggia venirè a prenderè?» ebbe il tempo di chiedere Giovanni Pasini con un'inflessione melliflua.

Bartolommeo solo allora si accorse di essersi fermato, perché le sue gambe sembravano non obbedirgli più. Il suo viso però, come in una maschera della commedia dell'arte, si sforzava di esprimere serenità e tranquillità. Il ragazzo, con la gola arsa dalla paura, tenne duro e raschiandosi la voce emise la sua risposta.

«Eccolà!»

Nello stesso istante, con la mano sinistra, mostrando la moneta e facendo il gesto di consegnarla, Bartolommeo si avvicinò a Giovanni con i due passi mancanti e con il sorriso di chi ben conosce i suoi doveri. Arrivato a un metro di distanza, gliela passò, lanciandogliela dolcemente a tiro ricurvo, dal basso verso l'altro, senza forza e velocità, proprio per agevolare la presa da parte di Giovanni. Bartolommeo non fermò il suo passo, come se volesse, una volta pagato dazio, passargli accanto per poi defilarsi verso la sua casa, così come aveva visto fare a tanti amici nelle stesse condizioni. Si trattava di masticare amaro, senza far vedere al nemico, quello che si stava soffrendo dentro per quel proprio atto di codardia. In fondo una moneta non serviva più di tanto, mentre un dente in meno, oppure un naso rotto avrebbe fatto sicuramente più male. Giovanni con la mano destra afferrò la moneta che gli veniva gettata, tutto preso dal non far cadere in terra quel gesto di deferenza. Così non si accorse che Bartolommeo, passandogli accanto, gli stava per tirare una delle più formidabili capocciate, che nessun altro gli avrebbe mai dato nella sua vita. Il suo naso fu colpito e spostato dalla fronte di Bartolommeo che, per caso fortuito o giusta programmazione, aveva mirato alla perfezione. A Bartolommeo, per non sapere né leggere né scrivere, venne spontaneo non fidarsi dell'effetto del suo primo colpo e così tirò un ulteriore pugno allo stomaco di Giovanni Pasini. Senza altro indugio utilizzò anche un ginocchio contro il mento del ragazzo, che sembrava cedere a quei primi colpi, lo dimostrava il fatto che si era piegato alquanto sulle sue ginocchia. Giovanni era ormai in terra, ma per angoscia Bartolommeo continuava a tirargli calci sul volto, il timore che quel bravaccio potesse miracolosamente rialzarsi lo spingeva a continuare a colpirlo.

«Te bastà? Te bastà? Ne bbuo' altrè? Ladrò! Schifosò!»

Bartolommeo prese con due mani una pietra enorme e pesante, con l'intenzione di fargliela cadere sulla testa. Questo perché la sua paura stava trasformandosi in terrore, che Giovanni, una volta guarito, lo venisse a cercare. Quando il masso si stava staccando dalle sue mani, si sentì preso da dietro e fermato da un contadino che aveva visto da lontano quanto era accaduto, per poi avvicinarsi e dividere i due ragazzini.

«Fermatì, ppe diò!» gli gridò il paesano.

Giovanni aveva il muso tutto insanguinato, completamente rintronato, labbra e naso rotti. Bartolommeo una volta liberato dall'abbraccio del contadino si avviò tutto trafelato, verso la sua casa. Ora temeva la sua vendetta, ma i giorni passarono, il paesano aveva accompagnato alla fontana Giovanni, per lavarsi il viso. I bambini del paese lo avevano visto mezzo morto, tutto sporco e fracassato. I genitori di Giovanni andarono a protestare con quelli di Bartolommeo; tutti ragazzi del paese presero le sue difese, così anche i grandi seppero che tipo di mascalzone fosse veramente Giovanni Pasini. Dopo qualche tempo il babbo di Giovanni lo mandò in collegio ad Anagni e il paese ritornò alla normalità.

14

LA PANTÀSIMA

Il demonio che istiga l'uomo al male oppure che lo tenta, fino a portarlo sull'orlo del dubbio, al confine tra bene e male, non ci dovrebbe far paura eppure la verità assoluta non sussiste, in realtà non è mai tutto bianco oppure nero, la maggior parte delle volte è il grigio a prevalere. Veniva, Rocco, per il longilineo sentiero che doveva allontanarlo dal paese verso la montagna. La stella più vicina alla Terra friggeva la sua chioma già così bionda rame, e i faggi, gli aceri, i tassi si scuotevano dolcemente, quasi a riverire, con il tenue chinare dei loro apici, il percorrere del maestro. E Rocco, con il volto calmo, con il suo taccuino nella tasca della giacca, marciava, rimuginando e fantasticando. L'antico campanile del paese lontano scoccò le cinque. L'uomo, allora, sedette sopra una pietra liscia e bianca, accanto a un fosso. Attorcigliò le mani intorno alle gambe ripiegate, sommerse lo sguardo nel turchino dello spazio, sopra il limitare del bosco. Il suo pensiero andava all'origine della specie, al fatto che da qualche tempo non avesse avuto rapporti carnali, così gli venne spontaneo ricordare i lampi di sesso, i momenti di passione, i visi di donna e le cose fatte insieme con loro. Si faceva forte e impellente il bisogno di farlo, ma cresceva di estensione anche il suo essere più intimo. La sua mano sfiorò una parte del suo corpo, quasi ad assicurarsi che tutto fosse a posto, poi la passò veloce tra i suoi capelli, mentre continuava il desiderio. Un attimo più tardi, il boato proveniente da una cava, attenuato dalla lontananza, sopraggiunse al suo udito. Forse fu per questo che non si accorse della magnifica presenza, se non quando la ebbe di spalle, fiera e indomita, come da qualche tempo ormai aveva imparato a vivere. Giulianella era fornita di un fisico vigoroso, seppure niente affatto ipotizzabile adocchiando il suo profilo sinuoso e morbido, dallo sguardo narciso, dal profilo allungato e dalle labbra rigonfie flesse all'infuori che la rendevano simile a un agnello timido. Possedeva un busto non particolarmente enorme ma turgido, di femmina matura che abbia già messo al mondo delle creature, tumido e pieno alla maniera di una puerpera pronta ad allattare, con delle tette create anche per braccare le labbra di un amante. Il grembo, all'opposto, sembrava apparentemente quello di un'adolescente illibata, piallato, levigato, pressoché infossato, a tal punto che la vulva protendeva verso l'esterno, crespa e folta, simile alle labbra di un pozzo. Nella parte posteriore, infine, dava realmente il meglio di se, simile alle sculture etrusche di roccia calcarea candida che si adocchiano a Tarquinia nei musei pubblici, con il dorso straripante e mellifluo, con i lombi prolungati e, al di sotto, un incavo abissale, al modo di bella puledra tosta, di pesca succosa e carnale, dal sedere pieno e fremente, avvenente, affascinante e attraente al punto che creava, in maniera autonoma, il desiderio di possederlo. In ogni caso, Rocco la vide all'improvviso, giunta nelle sue vicinanze, silenziosa e sorridente.

«Che fai qui?» domandò sorpreso. E scrutava inquisitorio Giulianella, che di risposta ispezionava la persona e in particolare quel suo rigonfiamento al di sotto dei pantaloni. Sembrava un'erezione autorevole, causa di un plausibile imbarazzo per Rocco, colto nella sua intimità e chiara testimonianza della sua obbligata astinenza. Lui si sentiva disturbato da questa chiara invadenza, colto in palese stato di eccitazione come un qualunque contadinello. Giulianella chissà da quanto tempo lo stava osservando, probabilmente fin dall'inizio del suo arrivo, eppure non si era allontanata, anzi gli si era avvicinata a ridosso del pascolo. Questo pensiero portò Rocco ad alimentare il suo stato di eccitazione, al punto che dentro le sue braghe di tessuto robusto, quell'ingrossamento si trasformò in oggetto brutale e, di certo, sconcio. Giulianella, non staccando gli occhi dal cavallo dei pantaloni di Rocco lo aggirò, portandosi a valle, così facendo più in basso ma più vicino a quella benedetta pertica, la quale pressava contro i pantaloni. Poi lei, senza emettere un suono, allungò la mano destra, mentre con la sinistra si toglieva la fascia, sciogliendosi, di fatto, i suoi corvini capelli. Glielo strinse forte, mentre con l'indice e il pollice slacciava di un solo bottone la patta dei suoi calzoni, diminuendo, così, la pressione violenta di quel membro represso. Giulianella lo guatava in modo malizioso, mentre assai lentamente anche la mano sinistra raggiungeva la coda dell'uomo, finché, con un ultimo lampo e insolito equilibrio, quanto ammaliante, con le mani esili iniziò a trascinarglielo all'esterno. In maniera non agevole, poiché quell'asta era esageratamente abbondante in confronto a quel minuscolo varco costituito dalla patta aperta.

«Aspetta che ti aiuto» pronunciò grottescamente Rocco, pronto a calarsi le braghe e le mutande contemporaneamente, in un solo colpo, ma il groviglio di peli insieme al mostro che pareva contorcersi in esso, faceva sussultare Giulianella tormentandola di piacere per quello che aveva in mano. Da ultimo il membro di Rocco si distese finalmente libero, dischiuso, lambito dall'ardente brezza fragrante del pomeriggio. Giulianella non si allontanò, mentre rapida lo bloccò con la mano, bramando che quell'attimo intenso fosse l'inizio di una passione interminabile. Le compagne di Giulianella lo avrebbero definito un uomo con tutti gli attributi, pronto alla monta e non qualcosa di flaccido e impotente.

«Che fai?» gli domandò cupo Rocco.

«Te o' ciuccio» rispose Giulianella, che restò salda, con lo sguardo bloccato sul cazzo dell'uomo, leggermente bagnato e tuttora duro, con la punta messa a nudo, in grado di emanare quell'odore così simile alla giunchiglia tagliata e messa a stagionare.

«Allora che aspetti?» sussurrò Rocco, ormai perso nella parte lussuriosa del suo Io.

«Tesoro!» proferì Giulianella, che, con decisione e non riuscendo più a trattenersi oltre, raccolta tutta la sua passione, congiunse le mani intorno al membro di Rocco, e prima se lo strofinò a ridosso di una gota, e infine addosso alla bocca. Con Rocco, che per paura di gettare troppo in fretta il frutto del suo seme, arretrò di un passo, senza però riuscire a districare le mani di Giulianella che lo squadrò stupita.

«Non voglio venire subito!» disse Rocco, ma la donna non si diede per vinta, anzi gli si avvicinò e questa volta aprendo la bocca glielo iniziò a suggere.

A Rocco sembrò tornare ragazzo, poi la interruppe e gli bisbigliò: «Fatti scopare!».

Giulianella si alzò la veste nera e, senza togliersi nulla, ma scostando solo la stoffa, si pose in ginocchio sul terreno coperto dalle foglie del bosco. Rocco si chinò dietro di lei e, dopo averla strusciata per un poco, trovando la vagina già umida, la cavalcò. Dolcemente, introdusse il suo membro ben proporzionato, all'inizio temendo di non trovare la fessura già predisposta, ma capendo che le labbra della vagina, stimolate dai brevi movimenti di entrata e fuga, si aprivano calde e umide, si collocò tranquillamente contro Giulianella. Prima piano e poi sempre con più forza, bramando la migliore presa, mentre le mani ricercavano il suo seno, che accarezzava con forza e salda tenuta, senza però stringere a far male. Non potendola baciare sulle labbra, la mordeva sul collo, mentre lei si contorceva e mugolava, Rocco la scopava. Schizzò all'improvviso come un fulmine a ciel sereno, smembrandosi dentro l'utero di Giulianella, nello stesso preciso istante in cui lei godeva.

«Ammazza che belle chiappe, Giuliané!» proferì Rocco. Al termine del rapporto si rialzarono, mentre da lontano, oltre il bosco, venivano alti i fischi dei pecorari, che richiamavano i cani per farsi aiutare a raccogliere le greggi.

15

METAFISICA

Ci sono due avvenimenti, nella vita di un uomo, che lo avvertono di aver superato il confine della giovinezza, quando gli muore il padre e quando ci si rende conto di essere cornuto. Se il primo evento è qualcosa che ti presenta come una persona degna di essere considerata con benevola accondiscendenza, il secondo episodio ti fa accapponare la pelle e ti rende schiavo di quello che potrebbe pensare la gente. Le corna si devono portare con eleganza e ironia, non con vergogna, perché umilia chi le fa, non chi le riceve. Nonostante tutto ciò, anche se il tradimento ti accompagna verso una rinascita, nessuno auspica di subirlo neanche una volta. Entrambe le situazioni dolorose, per motivi diversi, ci portano a confrontarci con noi stessi, nessuno mai ci racconterà dei propri meccanismi di difesa, cioè dei processi psichici deputati alla protezione del nostro Io, per tenere lontano le esperienze pulsionali troppo intense oppure le conoscenze, che sembrano voler minacciare i nostri percorsi di vita. Sta di fatto che ogni volta che Antonio Pesce, il sindaco, incontrava zi' Carmelo, al primo veniva una rabbia repressa, una sorta d'indignazione a prescindere, quasi una voglia di spaccare tutto. Erano cresciuti insieme nello stesso paese, Antonio assai più giovane, Carmelo sempre pronto a scherzare con gli amici, un vero gigione. All'epoca lo aveva conosciuto ancora pieno di forza, un lavoratore alacre, assiduo e capace. Poi, all'improvviso, come se fosse una cosa da niente, la gente cominciò a parlare. Si diceva che la moglie lo facesse becco con un guardiacaccia e lui, come se fosse cosa da nulla, continuava a vivere. Bruscamente arrivò una mazzata tutta insieme e, dal giorno alla notte, cambiò modo di camminare e di vita. Se prima camminava a testa alta, ora si trascinava, troppo spesso all'osteria e sempre meno al lavoro.

«Comm si deve fa' ppe aiutàr over qualcunò?» pensava il sindaco.

«Si fossè capitàt a me, avrei pigliato o' fucilè e cu nu' colpò solò, addiò pensieri!» si raccontava dentro di se Antonio.

«Magarì, si nun si volevà fa' nu' stragè, fusse bastàt parlàr cu a' mogliè, nu' paiò e' paccheri e vià! Comm era possibìl ca' Zi' Carme' ca' accettassè, senzà protestarè, na' situaziòn ro' generè. Quann era iniziàt a' questionè, l'uomò era altò, vigorosò, assai cchiu' forta rispètt o' suo antagonistà. E' fusse bastàt avvicinàrs o' guardiacaccià ppe vedèrl tremarè, ppe e' cchiu' chillu bastàrd era già sposato e cu figlì.»

Il sindaco si consolava ragionando che se fosse toccata a lui una disgrazia del genere, lui si che avrebbe reagito e senza alcun indugio!

«Ppe prima cosà fusse iuto a' ricèrc dell'altrò, poi abbascio na' mazzàt in pieno visò e calcì finò a fargli na' faccià còsì! E si nun ce l'avèss fattà cu e' sue manì e si l'àltr fossè statò cchiu' grossò? Fa nientè, o' avrèbb pigliato e' spallè cu nu' bastòn e, si propeto a' cosà si fossè fattà difficilè, allorà si potevà pure arrivàr a' pistolà!»

Perché il sindaco si facesse il sangue amaro per una cosa che riguardava un amico d'infanzia, anche questo non è dato sapere. In ogni caso, dopo vivo rimuginare, il sindaco se lo cavava questo pensiero ripetendosi dentro di se, una frase tipo:

«Si dovèss toccàr a me na' cosà ro' generè, saprei ben io cosà farè! A me na' cosà ro' generè nun potrèbb capitarè!»

Venne poi il giorno che la moglie di zi' Carmelo se ne andò di casa, la gente raccontava che si fosse trasferita in un paese vicino, in maniera che potesse vedere il suo guardiacaccia come meglio voleva. Il sindaco, dopo qualche settimana dall'accaduto, incontrò l'uomo per il paese e salutandolo gli chiese come andava.

«Allorà zi' Carmelò, comm procedè? Ve li ricordàt e' tiemp bellì, quann eravàm uagliune e andavàm a pescàr tuttì insiemè?»

L'uomo sembrava un fantasma, ripiegato su se stesso, forse ubriaco, incapace di emettere un suono riconoscibile, quasi una forma irreale.

«O' ricordò, certò ca' o' ricordò!»

Il sindaco sorrise all'uomo e volle dirgli una parola di conforto, qualcosa che lo potesse aiutare, ma la gente passando guardava i due individui con sguardi enigmatici. Antonio provò una sensazione fastidiosa, mentre qualcosa gli ribolliva dentro, sembrava che una rabbia immotivata gli risalisse dalle gambe fino alle sue braccia.

«Ca' avevàn ra guardarè, chisti quàttr impuniti?» si disse il sindaco.

«Sempe prontì a chiacchierarè, a fa' dannò. Ma o' sapevàn lorò, chi era statò zi' Carmelò? Centò e' lorò nun ne avrebbèr fatto nu' interò, e' omm similè a luì. Quann era giovàn era capacè e' incantàr tuttè e' ragàzz ro' paesè. E' amici si o' tenevàn strettò, pecché in cumpagnia sua nun c'erà maje ra sta' annoiatì. Cu isso a na' festà, o' divertimènt era assicuratò!»

Il sindaco lo salutò e gli venne tristezza, al pensiero che uomini d'ingegno potessero da un giorno all'altro cadere in miseria. La vita proseguì, tersa e normale come sempre e, col tempo, la gente dimenticò i guai di zi' Carmelo e lui, quasi sciancato, iniziò a far parte del paesaggio. Ormai la disgrazia gli era passata e, quando tutto sembrava ormai sanato dal tempo, avvenne un fatto che colpì, come un manrovescio, la vita di Antonio. Quel giorno il sindaco tornò a casa prima del previsto, sua moglie non c'era, ma la borsetta della donna era poggiata sul tavolo di casa. Senza un motivo apparente, Antonio frugò nelle cose della moglie, ma si fermò quando tra le sue dita trovò un foglietto appallottolato. Lo prese e trovò la voglia di allargarlo e spiegarlo per bene, per poi provare a leggerlo. La calligrafia era di sua moglie Rosa, ma non era di semplice decifrazione. Antonio scorreva il bigliettino con gli occhi, poi lo rileggeva, mentre le parole lentamente ritrovavano la loro giusta collocazione e un significato contraddittorio.

«*Ci vediamo alle cinque. Un bacio.*»

Nulla di più, nulla di meno. Solo questo. A chi fossero dirette queste parole, che importanza dare a questa frase, che significava questo bacio? Queste domande e tante altre cominciavano a farsi pressanti nella sua testa. Antonio cercò subito di non farsi prendere dall'ansia, evitò accuratamente di colpevolizzare Rosa. Bisognava sapere, si doveva essere sicuri.

«A chi promettèv nu' baciò?» si chiese l'uomo. Immediatamente appallottolò il bigliettino e lo rimise là, dove lo aveva rinvenuto. Non appena fosse tornata Rosa, gli avrebbe fatto delle domande. Il loro amore messo alla prova. Sicuramente la moglie avrebbe trovato la soluzione, la più innocua e la meno maligna possibile. Più s'impegnava a rasserenare la propria coscienza e più si trovava a un passo dalla disperazione. Rosa ritornò a casa e lui ebbe la forza morale di tacere e non dire nulla, cenarono, andarono a dormire, mentre dentro di lui c'era questa cosa che avrebbe voluto esplodere. Il giorno dopo si rinchiuse nel suo studio, sulla parete di fronte c'era appeso il suo migliore fucile da caccia, intanto nel cassetto c'era la sua vecchia pistola. Sulla scrivania faceva bella mostra la sua usurata baionetta, che lui usava come tagliacarte. Non c'era altro da fare: chiedere spiegazioni direttamente a sua moglie. Prima di parlare bisognava avere delle prove, seguirla oppure mostrarle il bigliettino incriminato. Rosa uscì a fare la spesa e lui rovistò di nuovo nella borsa della consorte, questa volta, però, non trovò nulla, neanche il foglietto appallottolato. Non se l'era sognato, la moglie lo aveva fatto sparire. Antonio si guardò allo specchio, si avvicinò alla finestra e da dietro le tendine vide passare per strada zi' Carmelo. Zoppicava e se ne andava verso la fontana principale del paese; per un attimo sembrò che guardasse verso di lui, poi proseguì la sua strada verso la piazza. Il sindaco cedette di schianto e non chiese mai nulla alla moglie.

16

LA RESURREZIONE

Ogni volta che qualcuno in paese peccava, altri pregavano per la salvezza della propria e altrui anima. Alle sette precise di ogni giorno suonava la sveglia del parroco, prima del Concilio Vaticano II il risveglio era assai prima, poi il sacrestano Tonio gli portava la colazione che don Alessandro consumava nel tavolinetto davanti alla finestra, dopo una breve preghiera. Il tempo di vestirsi e di concordare le cose da fare in casa con la perpetua, che alle otto e un quarto era già in chiesa per le lodi mattutine insieme alla comunità, ma alla messa delle otto e trenta i fedeli erano assai pochi, perché la maggioranza si era svegliata all'alba e già da parecchio affaccendata nei propri lavori. Subito dopo la messa, il parroco parlava con Tonio per capire quali fossero i lavori domestici da fare in parrocchia, mentre con il vice parroco preparava gli incontri e le celebrazioni particolari della giornata, nella speranza che non ci fossero funerali. A questo punto don Alessandro si rintanava nel suo studio a leggere oppure, se era una bella giornata, se ne andava a fare una breve passeggiata verso il paese vecchio, lungo un crinale dove, alla fine del quale, aveva fatto installare una panchina con lo schienale. In quel luogo ci si poteva sedere in tutta comodità e tranquillità, c'era pure un piccolo orticello, il pollaio, i maiali, la conigliera e altri recinti, dove crescevano indisturbati gli animali del parroco. Era in quel luogo, che assai raramente, le poche autorità del paese lo potevano andare a trovare per disbrigare, del tutto familiarmente, le cose loro. Quel giorno toccò al maresciallo Altamura, farsi carico delle proprie responsabilità.

«Riverisco!» salutò il militare.

«Maresciallo, quali bon vientu?» rispose il parroco, mentre i conigli rinchiusi zigavano incuriositi.

«Le solite cose, ma stavolta non è un vento buono, si tratta della morte di Salvo. Sembra una disgrazia, nessun indizio a dimostrare il contrario, anche se...», lasciò in sospeso il maresciallo. Tra le due autorità, c'era un accordo non scritto: l'estrema collaborazione nel massimo rispetto delle proprie autonomie.

«Nun ni so nenti!» e questo fu tutto quello che ebbe da dire il parroco sull'argomento. Il che significava, che a parte le solite dicerie di paese, nessuno si era andato a confessare per aver commesso un omicidio e neppure altro.

«E va bene!» sospirò il maresciallo, come a dire che quanto andava fatto era stato fatto.

«Vi manca 'n buttuni a la giubba», gli sussurrò don Alessandro con un sorriso.

«Si vede che non ho una perpetua brava come la vostra» e con un gesto di saluto il maresciallo si allontanò.

Il parroco chiuse gli occhi per qualche tempo, godendosi la pace dei dintorni, nel ricordo di quando era cappellano durante la prima guerra mondiale, di quando aveva visto la statua di una Madonnina, installata sopra una cima, colpita da una scheggia di una granata nemica. La scultura era stata divelta dal suo piedistallo, orrendamente squarciata, mentre lui stesso era stato scagliato oltre il cratere, senza aver subito nessuna ferita. Il prete, per tutto il resto della sua vita, aveva creduto che la Madonna gli avesse fatto da scudo, ora improvviso gli venne l'idea di rimediare. Era quasi l'una, l'ora del pranzo per il parroco, che si affrettò in direzione della sacrestia. Dopo aver mangiato in maniera frugale, si appisolò sulla sua sedia a dondolo, mentre nella sua testa si andava formando un progetto, dove si parlava della statua di una Madonna da installare sulla vetta di una montagna, la più alta della catena, proprio quella che si stagliava di fronte al paese. Alle tre don Alessandro si svegliò per l'Ora Media, la preghiera da recitarsi a metà del giorno. Per ogni altra funzione o incontro, ci avrebbe pensato don Carlo, il suo giovane vice parroco, ma di una cosa andava fiero, cioè del suo catechismo con i bambini e della formazione dei suoi chierichetti. A essi dedicava ogni possibile attenzione, senza tediarli ma cercando sempre di appassionarli e di coinvolgerli nelle vicende degli apostoli e dei santi. Gli raccontava il mistero della risurrezione di Cristo, come se fosse un avvenimento reale e di tutti i giorni, così com'è detto nel Nuovo Testamento. Gli leggeva di san Paolo che scriveva ai cristiani di Corinto:

«Vi ho trasmesso dunque, anzitutto, quello che anch'io ho ricevuto: che cioè Cristo morì per i nostri peccati secondo le Scritture, fu sepolto ed è risuscitato il terzo giorno secondo le Scritture…».

Ai bambini che educava allo spirito liturgico con cura cristiana, ognuno secondo la propria condizione, don Alessandro gli insegnava l'utilizzo delle ampolline, del piattino e di tutti gli altri oggetti liturgici. Gli parlava di san Tarcisio, cioè di quel bambino cristiano che, nella Roma antica, pur di mettere in salvo l'Eucarestia nascosta in petto, s'immolò, picchiato selvaggiamente, fino alla morte, dai suoi coetanei, che la volevano profanare. Quel bambino rischiando la propria vita la stava portando a dei cristiani imprigionati, ma il suo sacrificio lo rese martire e poi santo. Finito il suo impegno con i bambini Don Alessandro, che possedeva una speciale dedizione per la Madonna, prima di cena, dopo essersi ritagliato il tempo per il Vespro, sciorinava il rosario in suo onore tutti i giorni. La sera, prima delle venti, si cenava, spesso con un brodino vegetale oppure un'insalatina e un po' di frutta di stagione, ma non mancava mai una fetta di ciambella o di crostata fatta dalla sua perpetua. Appena finito di mangiare, per circa un'ora, accendeva la radio e ascoltava le notizie dal mondo e magari ci scappava pure una puntata del suo radiodramma preferito, sfogliando contemporaneamente l'Osservatore o un libro. Alle ventuno precise scendeva in chiesa, dove incontrava i suoi fedeli, li confessava, li ascoltava e cercava di dirimere le varie questioni. Certe volte ascoltava il coro, altri giorni cercava di assistere i tanti che chiedevano aiuto oppure una semplice elemosina. Quella sera però aveva convocato il maestro, perché spesso i suoi insegnamenti religiosi si dovevano incrociare con quelli della scuola.

«È permesso, signor curato» disse Rocco, prima di entrare in sacrestia.

«Oh! Oh!» disse il parroco, con occhi stanchi e proseguendo con un fare pensieroso, come se dovesse far luce tra le tante tracce e sentieri da districare.

«Finalmente pi cresia, picchì raramente a viriu a li funzioni, caru maestro.»

«Lei sa curato che le incombenze, per un maestro, sono così tante e varie da rendere una giornata assai corta.»

«Lu sacciu, lu sacciu. E poi ci sunnu i passeggiate nei boschi, vulemu poi parrari r'i libri da lìeggiri? Ma nun jè pi chistu chi l'ho chiamata. Idda sa chi ntra mìenu ri 'n annu idda sarrà sostituito dalle suore, chi apriranno 'na nuova scola, pi u beni r'i picciriddi e ri tuttu u paìsi. Idda quinni sarrà trasferito e avirrà finalmente fini u suo esilio. Stia tranquillo, picchì haju già scritto a suo ziu Filippo, chi provvederà a ottenere pi idda 'na sede adatta ai suoi studi. No, nun dica nenti, a so' pena sta pi finiri. Nta frattempo, mi facci u piacìri, u paìsi jè nicu, a genti mormora, si fa prestu a scanciari l'oro pi chiummu e a confondere 'na carusa ri buoni costumi, onestà e religiosa, pi 'na fimmina da strata.»

Il maestro non disse nulla, così com'era venuto si allontanò. Alle undici di sera, don Alessandro si alzava e qualunque fosse il suo impegno, salutava tutti e se ne andava a dormire, forse per questo motivo era un uomo che aveva una vecchiaia lunga, ma mai monotona.

Giulianella portava il nome della figlia della sua bisnonna Maddalena Villa, una donna vissuta nel paese di Rovereto intorno al 1860, nello stesso periodo storico in cui Giuseppe Garibaldi terminando la spedizione dei Mille, dava il benvenuto presso Vairano e non Teano, a Vittorio Emanuele II re d'Italia, che nel frattempo aveva spezzato le reni all'Umbria e alle Marche. Tutto il territorio borbonico fu messo a soqquadro e le truppe piemontesi procedettero militarmente alla normalizzazione dei territori, instaurando la guardia nazionale e inviando i bersaglieri a reprimere i primi focolai d'insorgenza. Il tricolore iniziò a sventolare alle finestre delle case abruzzesi ma, a pochi chilometri, nel paese di Xxxxxxxx, in terra pontificia, la situazione era assai differente. Il borgo, infatti, da almeno due secoli prosperava, grazie essenzialmente ai guadagni provenienti dall'allevamento degli ovini, dei bovini e degli equini. Se ad Avezzano la soldataglia piemontese restaurava l'ordine, in tutto l'Abruzzo si diede inizio alla resistenza, attraverso azioni di lotta armata e clandestina. Questo fenomeno, che i libri di storia, scritti dai vincitori, definirono brigantaggio, si prolungò per decine di anni. I partigiani del Sud operarono prevalentemente nelle montagne e nelle campagne, poiché la loro azione non si ricongiunse mai con le opposizioni delle grandi città. La resistenza armata si organizzò dopo la conclusione dell'assedio di Gaeta, quando dalle fila dell'esercito borbonico, lasciato allo sbando, uscirono i primi gruppi di volontari combattenti, reclutati dalle nascenti bande di uomini armati, che guerreggiarono sui monti e nei boschi. La lotta per la salvezza del regime borbonico fu provocata sia dal cattivo trattamento ricevuto dai reduci sia dalla peggiore miseria mai provata, oltre che da vendette e odi familiari. Le misere borgate della Valle Rovereto e dintorni non meriterebbero neanche menzione, se non avessero avuto la loro importanza con la nostra storia. Nell'inverno a cavallo tra il 1860 e il 1861, Maddalena Villa mise al mondo una bambina, cui impose il nome di Giulianella. Suo marito era Giacomo Giorgi, originario di Tagliacozzo, persona dalle doti sorprendenti, metà maschio d'azione e metà uomo colto e pragmatico. Nello stesso periodo, spinti dalla povertà e dal bisogno, i cafoni di S. Vincenzo e di S. Giovanni insorsero; mentre dal paese di Xxxxxxxxx, divenuto un centro di resistenza assai attivo, si diede aiuto a una colonna di combattenti che si apprestava a intervenire dallo Stato Pontificio verso Tagliacozzo. Vista la grave situazione e la mancanza di cibo, l'intera famiglia Giorgi si trasferì nel paese di Xxxxxxxxx, dove la situazione era per il momento più stabile e le condizioni di vita più accettabili. Giacomo, il capofamiglia, dovette scendere a patti con la propria coscienza e definire da che parte stare, ma non riuscì a debellare i propri ideali e così decise anche lui per la resistenza. Essendo riparato in terra pontificia, diventò, di fatto, un acerrimo sostenitore della restaurazione di Francesco II di Borbone, re delle Due Sicilie. Organizzò uno smercio di monete piemontesi false, coniate a Roma e fatte circolare oltre il confine. Nello stesso tempo, Giacomo si dava da fare nel reclutare i lavoranti stagionali napoletani, che arrivavano per coltivare le campagne romane, cui era offerto di partecipare a scorribande oltre confine. Una delle maggiori spedizioni di Giacomo riguardò la requisizione, intorno al Natale del 1861, di quindici vacche e cinquanta suini nella macchia di Morino. I frutti di ogni singola spedizione erano dirottati verso il confine e più precisamente nel paese di Xxxxxxxxx. Furono giorni assai movimentati, i contadini erano dalla parte degli insorti, i quali si mischiavano fra loro, lasciando le armi e prendendo gli attrezzi agricoli, per poi, una volta superato il pericolo dei soldati, ricominciare le loro attività di resistenza. L'intero confine fu teatro di eccidi e colpi di mano, con continui scontri tra militari piemontesi e partigiani della montagna. Al solo sospetto che la popolazione potesse dare aiuto ai briganti, i cafoni erano fucilati sul posto, interi villaggi devastati e distrutti, teste tagliate e gente massacrata. I soldati piemontesi catturati, in cambio, erano avvinghiati a un albero e bruciati vivi; oppure posti in croce e amputati. Se Dio esiste, allora anche il suo acerrimo nemico è parte di questo nostro mondo! I reazionari, dopo aver passato l'inverno sul confine, a primavera partirono dai monti di Xxxxxxxxx per puntare verso Luco dei Marsi. Lungo la via, giunti a ridosso del paese, furono accolti da una scarica di fucili e dalle urla dei difensori. Giacomo, superato il primo attimo di sorpresa, incurante dei proiettili nemici, si fece avanti e urlò il grido di battaglia:

«Viva 'o Rre!»

L'uomo, che aveva studiato da avvocato senza mai esercitare, persona sapiente, garbata e istruita, celava al suo interno anche un animo da condottiero feroce e autoritario. Al suo grido, tutti i reazionari si lanciarono, come un fiume in piena, lungo i vicoli e le stradine del paese, combattendo per ogni angolo di via e per ogni scalino da risalire. Quelli della banda apparivano come guerriglieri che non temevano il sonno eterno, che erano in grado di utilizzare tanto la scure che il fucile, e che alimentavano tutti, per differenti ragioni, un rancore intimo contro la guardia nazionale.

«Chi siete? Che volete?» gridavano dall'alto.

«Amicì! Prima sparàt e poi facite e' domandè?» rispondevano dal basso i legittimisti.

Grida di dolore si mischiavano ai colpi di schioppo, spesso si arrivava all'arma bianca, e allora l'odio e le ferite si mischiavano fra loro e la lotta si faceva sempre più rabbiosa. Giacomo, con la sua sciabola di marina alla mano sinistra e il revolver in quella di destra, fin da subito aveva spaccato la testa a un sergente, e ora combatteva come un animale selvaggio proprio in prima linea. Dopo breve resistenza i pochi militi della guardia nazionale cominciarono a ritirarsi, prima lentamente poi sempre più precipitosamente. Gli abitanti si rinchiusero immediatamente in casa, perfino il parroco smise di suonare le campane a martello.

«Leonida!» gridò Giacomo, sfondando la porta di una casa.

«Dovè seì?»

«Eccò!» urlò il suo braccio destro, arrivandogli alle spalle.

«T'hannò sfregiàt?»

«Nò, sul na' ferità ra nientè; ma o' pais ormaì è nostrò. Aiutàm a fermàr o' sanguè e poi jamme o' comunè!»

«Le informaziòn eranò giuste!»

«Sì! Adessò, pèrò, amma fa' in frettà. Radunà e' uominì, raccogliàm o' bottìn e ripartiàm subitò.»

Alcuni colpi di fucile e poi cadde il silenzio, la guardia nazionale aveva lasciato il paese. Ora si andava di casa in casa a cercare i liberali e a far bottino, ma fu necessario tutto il dì per ritrovare la giusta concentrazione; soltanto il pomeriggio del giorno dopo si riuscì a prendere la via del ritorno. Per riunire i sessanta guerriglieri necessari, si erano dovute riunire ben tre bande di reazionari; ora diviso il ricco guadagno, ognuna di loro si aprì la strada, il più in fretta possibile, verso le loro basi di partenza. Giacomo condusse i suoi venti uomini verso il paese di Xxxxxxxxx, attraverso un tratturo che s'inerpicava lungo la montagna, passando uno sperone di roccia noto come il Nido dell'aquila, dopo aver superato i Piani della Renga, sopra a Capistrello. Proprio in quel punto i suoi uomini gli si ribellarono, probabilmente perché lo accusavano di essersi accaparrato le prede e i ricavi migliori. Sicuramente la sera prima i suoi uomini si erano messi d'accordo sul quando e sul come fare; ora che si ritenevano fuori pericolo avevano deciso di agire. Giacomo, che era leggermente ferito e affaticato dall'arrampicata, fu colto di sorpresa: Gli furono legati strettamente i piedi e le mani, per essere lasciato con una corda al collo fissata a un albero e una benda sugli occhi, proprio di fronte a un dirupo scosceso. La fune ben tirata lo vincolava a stare assolutamente immobile, poiché, al più lieve cedimento dei muscoli delle gambe, rischiava di rimanere impiccato. Dopo un lungo e interminabile lasso temporale, sentì del rumore alle sue spalle.

«Leonidà, si tù?» domandò l'autonominato intendente di Francesco II.

«Comè saì, ca' song propeto iò?» gli rispose la voce del suo fidato braccio destro.

«Nòn te avevò vistò in miez a' traditorì. Me stavò propeto chiedènd aro' tu fossì andatò?» sussurrò Giacomo, senza però ricevere una risposta immediata. Il silenzio più totale, nessun tipo di rumore o altro. Giacomo cominciò a chiedersi se la tentazione di eliminarlo, per sostituirlo a capo della banda, fosse il vero motivo di questo ritardo. Alcune gocce di sudore cominciarono a colare lungo le sue tempie, era estate e perfino le cicale frinivano con un rumore tale da far accapponare la pelle.

«Ti vurria far notarè, ca' a' mia posiziòn è alquànt scomodà, carò Leonidà.»

«T ricòrd e' chella voltà, ca' me aie fatto frustàr pecché avevò fatto l'amòr cu na' contadinellà?»

«L ricordò! A' penà era a' mortè ppe chistu tipò e' reatì, e invecè te salvaì a' vità.»

«E quell'àltr vota ca' nun me aie datò a' partè ca' me spettavà, cu a' scusà ca' me ero già pigliato chello ca' me toccava?»

«Avèv rubatò!»

«E tu intendentè, quantè vote' aie rapinàt e te si tenutò o' megliò?»

«Ch te aggia dirè, carò Leonidà, tu piens ca' io meritì e' muri' in chesta manierà?»

«T ca' dici?»

«Siàm statì insieme in tantì scontrì, ci simme aiutàt tantè voltè!»

«E comm maje allorà te ritròv cu nu' cappio o' collò, miso propeto dai tuoi uomini?»

«Pèrché teng sbagliàt a reclutàr ladrì e malfattòr ppe chesta spedizionè, gentè e' malaffàr e senzà onorè, ppe'tramente' teng lassato a casa e' mie migliòr e cchiu' fidatì uominì.»

«T pensì, tu dicì, tu ordinì! Ma tu te chiedì maje si nuje simme d'accòrd cu e' toje decisioni?»

«Nò, Leonidà, ammètt e' nun avervì maje ascoltatò. A' nostrà causà ha bisògn e' ommn determinàt e e' decisiòn irremovibilì. A costò e' sbagliarè, ppe o' bbene ra' ragiòn e e' Francèsc II, bisògn i' avanti!»

«Crèd ca' sia venutò o' tempò, carò avvocatò, ca' sia io a piglià o' toje postò. Tu aie guadagnàt fin troppo dall'essèr intendentè, mo' toccà a me a' bellà vità. A' vità, me o' aie ritt tu tantè voltè, è nu' piglià e nu' averè. Pregà Giacomò, pecché è giuntà a' orà toja, na' spintà e' è finità!»

All'improvviso il silenzio fu interretto da un colpo di pistola, poi si sentirono un lamento e un rumore, come un sacco gettato in terra. Inaspettatamente, la benda sugli occhi di Giacomo fu rimossa, la corda del cappio tagliata e il viso della sua donna che lo baciava.

«Ho vistò e' ommn attraversàr e' corsà o' paesè, ma e' zuavì francès li hannò fermàt e e' hannò requisìt tuttò. Teng capitò ca' era succèss caccos e te song venutà a cercarè, appenà in tiemp ppe sentì e' parolè e' Leonidà!» gli sussurrò Maddalena.

«Ammorè! Ammorè miò! Me aie salvàt a' vità!»

Per quella volta, Giacomo e sua moglie, la bisnonna di Giulianella, riuscirono a tirare avanti e a scamparla. Ripararono a Roma e quando arrivarono i bersaglieri piemontesi di La Marmora, riuscirono a fuggire a Smirne in Asia, poi Giacomo fu arrestato, estradato di nuovo in Italia e condannato a venti anni di lavori forzati da scontare nel carcere elbano di Porto Azzurro, dove morì nel 1877. Maddalena, sua moglie, ebbe una figlia di nome Giulianella, la quale mise al mondo Rosa, la madre della nostra Giulianella, proprio quella che Rocco incontra la prima volta che arriva al paese di Xxxxxxxxx, ma questa è un'altra storia ancora.

18

I MISCREDENTI

Il discorso che l'arcangelo Gabriele, per conto della divinità, trasmise a voce a Mohammed, dopo aver parlato prima a Mosè e poi a Gesù, fu tramandato, di generazione in generazione, a memoria. È chiaro che sia la Torà sia il Vangelo e il Corano, hanno lasciato irrisolti alcuni misteri su certi ragionamenti, infatti, eccessivi interrogativi e dibattiti trascinano esclusivamente a disgregazioni e al disfacimento. Attraverso l'adorazione della propria divinità, i devoti rendano concreta l'unica chiamata necessaria, per conseguire il proprio bene e quello dell'intera umanità. Questa vocazione si deve sentire dentro di se, chi la segue per avere un lavoro sicuro non ottempererà mai al dovere con lo spirito che invece si dovrebbe avere. Erano passati venticinque anni dal giorno dell'arruolamento per il maresciallo Altamura, anni di sacrifici e pene, di guardie e servizi, fedele a una vita militare, con regolamenti e norme ferree, senza contare la perdita degli amori giovanili. Dopo la seconda guerra mondiale, i carabinieri potevano maritarsi solo dopo aver compiuto tre rafferme, ciascuna di tre anni, e una volta diventati marescialli si doveva aspettare almeno il ventottesimo anno di età. Ci si allontanava spesso dalla terra di origine, dalla propria fidanzata, con il divieto assoluto di convivere senza sposarsi o di accompagnarsi con donne maritate e tanto altro ancora. La vita di tutti i giorni del maresciallo Altamura iniziava, in teoria, alle sei, ma la colazione la faceva alle sette e quindi se lo gestiva come voleva il gesto quotidiano di radersi, lavarsi e infilarsi la divisa. Al momento in caserma erano in quattro, uno era di piantone in caserma e addetto alla ricezione del pubblico dalle otto alle quattordici, un altro lo sostituiva fino alle venti della sera, mentre il terzo andava in perlustrazione o di pattuglia con il collega che non era di piantone. Al maresciallo toccava la sistemazione dell'archivio, il disbrigo delle pratiche e delle denunce, questo fino all'ora del pranzo. Il pomeriggio, salvo emergenze, il maresciallo se ne andava spesso con il carabiniere di turno a risolvere le cose del paese che lo riguardavano. Alle diciassette precise smontava e si sentiva libero fino la sera, quando cenava per poi andare a letto secondo il suo giudizio. Dopo tanti giorni, ognuno uguale all'altro, una mattina presto si sentì in dovere di camminare lungo le viuzze del paese, fino a ridosso di un recinto, dove abitava la levatrice. Sorrise al pensiero che un suo collega maresciallo, a qualche chilometro di distanza, aveva intessuto un rapporto sentimentale con la levatrice del paese, per poi scoprire che aveva un figlio segreto e che non era sposata. Per amore, quel maresciallo era stato tentato di lasciare l'arma e, come un sacerdote spretato, svestirsi della divisa per affrontare un sentiero irto di difficoltà. La faccenda era poi rientrata perché, una volta forgiato il carattere, ti rendi conto di aver donato la tua vita all'Arma, senza mai un attimo di pentimento o meglio senza mai darlo a vedere, salvo essere trasferito per incompatibilità ambientale. Dal dopoguerra la patrona dell'Arma dei carabinieri è stata Maria, la madre di Gesù, la quale è stata testimone di migliaia di storie d'amore dei suoi carabinieri, molte finite ancora prima di iniziare, altre messe a dura prova dalla lontananza e quindi naufragate, infine, alcune destinate a concludersi con il matrimonio. Le avventure sentimentali dei carabinieri, di queste, nessuno ne ha mai parlato apertamente, grazie alla protezione e allo scudo dell'autorità costituita. Il maresciallo Altamura riprese il suo cammino, tutto preso nei suoi pensieri, dove dovere e lavoro si confondevano con desideri e sogni. La voglia di mettere su famiglia, di tornare a casa e trovare un pranzo caldo e una donna vera accanto, non l'aveva mai avuta. Al contrario, Altamura aveva spesso il pensiero di far l'amore e parlare per tutta la notte, oppure abbracciarsi in silenzio nel dormiveglia fino all'alba. Era da tanto tempo che ne aveva ricercate tracce, lungo il cammino della propria vita, ora sembrava di aver trovata una lieve orma, nel frattempo si diresse al limite del paese, dove sorgeva la casa di don

Bartolommeo. Batté all'uscio dell'assessore e, poiché non ebbe riscontro, lo dischiuse. Gli si fece incontro Nannina, la governante di don Bartolommeo, che lo guardò interrogativa.

«Il maestro?» la interrogò il maresciallo.

La donna gli indicò, con la mano protesa, una scala stretta, che sembrava scolpita nel tufo, su per la quale s'inerpicò il maresciallo, fino a una porta che, dopo un lieve bussare, aprì assai lentamente, mentre i raggi del sole dalla minuscola finestra illuminavano la piccola stanza. Il maestro, che la notte precedente era stato in giro fino a tardi, non si destò. Stava coricato sul letto, con il busto nudo, disteso indecentemente, avvinghiato a un enorme cuscino. Teneva le labbra semiaperte, con la barba ancora da fare che incorniciava il volto, mentre le sopracciglia e i suoi occhi chiusi creavano un affascinante quadro d'insieme, per quel corpo e quelle magnifiche spalle ammalianti. Qualunque persona gli avrebbe dato un premio all'avvenenza e per Achille Altamura, che giungeva davanti a questa visione attraverso una scala buia e impervia, si trasformò nella voglia beffarda della perfezione.

«Si è fatto tardi» disse il maresciallo dopo aver ripreso il controllo dei suoi pensieri.

Rocco riemerse dal sonno e sorpreso ricoprì con il lenzuolo la sua nudità.

«Nannina, la sta aspettando giù di sotto per il caffè.»

«È da parecchio che è entrato?» chiese il maestro schiudendo le palpebre e osservandola figura del maresciallo.

«Da un po'!» ribatté Achille, esitando quanto bastava.

«Non ho sentito la sveglia» sospirò Rocco.

«Non abbia fretta, ma ho necessità del suo aiuto. Ho bisogno che lei parli a Jesi, che lo trattenga fuori dal paese, fino a quando io non ritrovi Maria.»

«Perché dov'è andata?» domandò il maestro.

«L'intero paese la sta cercando da ieri sera. Non è tornata a casa e i genitori sono disperati. Appena può scenda e si accerti che il ragazzo stia sempre con lei, poi a mezzogiorno lo accompagni in caserma.»

«Perché io?» disse l'uomo disteso.

«Perché è l'unico, di cui Jesi si fida!» spiegò il carabiniere, oscillando il capo, come se volesse intendere chissà cosa.

In fondo, Achille Altamura era diventando carabiniere anche per aver letto da ragazzo i fumetti di Flash Gordon e del dottor Zarro, dove malvagie sirene abitavano quei luoghi, mentre qualcosa di eterno gli teneva la mano, con i nostri padri che dall'alto vegliavano sui figli e soffrivano insieme con loro, non potendo fare altro che osservarli e gridare loro avvertimenti, che non sempre giungevano forti e chiari, ma un fiore può crescere anche dove il marcio vince su tutto il resto.

Quando riportarono in paese il corpo esanime di Maria, sbranato come un amore indifeso, le urla strazianti raggiunsero le vette, mentre Dio lo aspettava all'inizio della via in salita, all'ombra di una bianca parete, dello stesso colore del suo virgineo candore. Il parroco avvertito le venne incontro, lei distesa innocente su un carretto e ricoperta da un telo, mentre due carabinieri la scortavano e la gente si apriva al suo passaggio. Tu guardala lettore, come se fosse cosa tua, perché Maria era bella e non c'è vendetta che possa fare giustizia. Jesi impazzì davvero e, fosse anche per tutta la vita, nessuno la dimenticò. Si dice che ancora adesso, quando la montagna si rabbuia in cima, che sia Maria a piangere perfino d'agosto, perché poveretta fu punita la sua purezza, la sua magnifica presenza, la sua dolce innocenza.

19

L'ESISTENZA DI DIO

Il popolo, da diverso tempo, ha delegato la politica ai sindaci, agli assessori, ai deputati, ai senatori, ai ministri, che l'hanno monopolizzata, giorno dopo giorno, anno dopo anno, fino a farne cosa loro e non di tutti. La religione non è stata a guardare e in maniera strisciante, secolo dopo secolo, tra Dio e noi si è venuto a ergere un muro indecifrabile, che solo i sacerdoti pensano di saper gestire.

«Cu jè Diu?» chiese retoricamente il parroco, davanti a una folla compatta, in una chiesa stracolma per contenere tutti, con il sagrato che dava rifugio a chi non era riuscito a stare dentro.

«Diu esiste?» proseguì don Alessandro, mentre il maestro ascoltava dal raggio esterno del paese, dove anche lì giungeva l'omelia del parroco, diffusa dagli altoparlanti della chiesa.

«Te, Deum, laudamus», ma le indagini erano scattate immediatamente, per chiarire prima di tutto se si fosse trattato di una morte accidentale oppure di altro.

«In te, Domine, speravi, non confudar in Aeternum...» perché, in un primo momento, il maresciallo aveva compreso che Maria era precipitata da una rupe, in località Pozzo della Neve. Ora si trattava di stabilire se la caduta fosse accidentale oppure opera di un eventuale disgustoso assassino.

«Deus, cui próprium est miseréri semper et pàrcere: te sùpplices exoràmus pró ànima fàmuli Maria, quam hódie de hoc saèculo migrare jussisti, ut non tradas eam in manus inimici, neque obliviscàris in finem, sed jùbeas eam a sanctis Angelis sùscipi, et ad pàtriam paradisi perdùci; ut, quia in te speràvit et crédidit, non poenas infèrni sustineat, sed gàudia æltèrna possídeat. Per Christum Dóminum nostrum.»

Non era stata riscontrata violenza sessuale sul corpo della giovinetta, nessuna traccia di violenza fisica o segno di colluttazione. Finita l'orazione, il corpo fu portato al di fuori della chiesa, frattanto il coro intonava l'antifona.

«Io sono la risurrezione e la vita; chi crede in me, anche se è morto, vivrà; e chiunque vive e crede in me, non morirà in eterno», mentre mentalmente il maestro traduceva dal latino, dentro di se, le parole del canto funebre, la gente proseguiva il cammino verso il camposanto all'inizio del paese. Accanto all'entrata del cimitero un cartello recava la scritta di un'ordinanza comunale: "Vietato l'ingresso ai cani". Il maresciallo la guardò, mentre le persone attraversavano il cancello, pensando che nulla si diceva sugli assassini. Niente di più facile che in mezzo a loro si celasse l'individuo cui attribuire il crimine. Nel pugno stretto della ragazza era stato rinvenuto il bottone di una casacca militare, quella di un carabiniere. Durante tutto il giorno ci fu un andirivieni di persone, fino a sera, quando i cancelli del camposanto si chiusero e fuori ad aspettare rimase solo il gatto bianco di Maria. Lupina restò lì in attesa che la sua padrona uscisse.

Da Alatri venne prima un tenente dei carabinieri e poi, dopo qualche giorno, si aggiunse il capitano Antonio Spata, assai esperto in questo tipo d'indagini. Si passarono subito al vaglio i presunti sospetti; per primo fu interrogato Jesi, poi la sua famiglia e quella dello sposo. Nessuno aveva visto niente, nessuna testimonianza di persone che avevano adocchiato Maria quel giorno, come se fosse sparita senza dare nell'occhio. I sopraluoghi, nei pressi del ritrovamento del cadavere, evidenziarono solamente che era precipitata da un dirupo, senza però aver trovato orme o tracce sospette. Furono controllati i bottoni e le casacche di tutti i carabinieri del paese, compresa quella del maresciallo, senza arrivare a nulla di definitivo. Lo scemo del villaggio fu interrogato, tutti gli abitanti invitati a dire la loro, poi toccò al parroco, che confessava la giovinetta da svariato tempo.

Nulla di rilevante, ancora una volta, fu riscontrato. Si passò al vaglio la possibilità del suicidio, della vendetta d'amore, del maniaco sessuale, ma quando arrivò l'esito della perizia fatta sul corpo della giovinetta, si poté escludere la violenza carnale o il tentativo. Si pensò all'incidente, magari nel tentativo di raccogliere fiori, more, cicoria o chissà cos'altro, ma tutto ci riportava a quel bottone ritrovato stretto nel suo pugno. Si trattava di un bottone di metallo argentato dal diametro di venti millimetri, semisferico e una fiamma sovrimpressa, in uso ai carabinieri. Il maresciallo Altamura fu in pratica sollevato dalla direzione delle indagini, pur utilizzandolo per tutte le mansioni ordinarie e il contatto con la popolazione. Il capitano Spata volle interrogare personalmente, assieme a un competente brigadiere, il primo dei sospettati. Jesi fu rinchiuso in una stanza, colpito ripetutamente alle reni e allo stomaco con un elenco telefonico, tenuto sveglio per tutto il giorno e la notte. A turno gli inquirenti tentarono la carta dell'interrogatorio duro, mischiato a quello umano, dove il capitano faceva la parte del buono e il brigadiere quella del cattivo. Non superarono mai il limite della decenza, fino a quando non decisero di trasferirlo al carcere di Frosinone, con il beneplacito del magistrato inquirente. Sembrava impossibile che Maria non fosse stata vista da nessuno quel giorno, i genitori erano a conoscenza che la ragazza andava a cogliere la legna in quella zona, ma quel dì nessuno l'aveva notata in quella zona. Dopo tre mesi d'inutili ricerche della verità, il capitano Spata con il suo brigadiere ritornarono ad Alatri, mentre il magistrato impartì l'ordine di scarcerazione per Jesi, pur non archiviando le indagini, che però segnarono il passo per tutto l'inverno. Agli inizi della primavera, il maresciallo Altamura s'incontrò di sera nella sacrestia con il parroco don Alessandro, insieme a don Bartolommeo e al maestro. Fu un incontro informale, quasi si volesse rompere quel clima malsano che stava, ormai da mesi, avvelenando l'intero paese. Il primo a parlare fu proprio il maresciallo.

«Probabilmente, prima della fine dell'anno, sarò trasferito. Questo fatto del bottone di una giubba da carabiniere, ritrovato nel pugno di Maria, non ha certo contribuito a chiarire questa tragedia!»

«Anch'io probabilmente sarò trasferito!» disse il maestro.

«Mmeci iu, probabilmente, morirò cca!» sorrise il parroco.

«A' prossìm primavèr ci sarànn e' eleziòn comunàl e io me candidèrò comm sindàc!» sentenziò don Bartolommeo.

«Che idea vi siete fatti della disgrazia di Maria? È un omicidio oppure un incidente?» domandò il Maresciallo.

«Dopo la tragedia di Maria, tutti i miei scolari nei loro disegni l'hanno ricordata, chi in una maniera chi un'altra. Maria come un angelo, altre volte come la Madonna, ma quello di un bambino mi ha colpito più degli altri. C'era una sorta di uomo nero enorme, che sollevava una figura con le sue braccia sopra la propria testa, quasi la volesse gettare nel vuoto!» sussurrò il maestro.

«Di chi è figlio il bambino?» chiese il maresciallo.

«È il figlio di donna Concetta!» rispose Rocco.

«Veni a catechismo da me. Ci parlo iu cu Santino, accussì si chiamma u picciriddu!» disse il parroco.

«Giovanni, O' malommo, ha fatto o' militàr int'e' granatièr!» sentenziò don Bartolommeo.

La serata proseguì parlando di altro, nessuno ritornò sull'argomento, come se quanto si doveva pronunciare fosse stato detto, e quello che c'era da stabilire fosse stato deciso.

20

IDEALISMO

Diversi anni prima, dei fatti recentemente accaduti, venivano dal paese di Xxxxxxxxx, per la Santissima, insieme a tant'altra gente, anche tre giovinette: Assuntina, la figlia di don Bartolommeo, Giulianella e Immacolata. Le compagnie di pellegrini venivano al paese, in testa le loro consacrate insegne, dove l'immagine della Santissima Trinità prendeva la forma di tre persone unite nella stessa potestà. Ogni anno, questo pellegrinaggio accomunava centinaia di località, da Ceccano a Tufo, passando per Terracina e oltre. La prima domenica di plenilunio successiva alla Pentecoste, le confraternite affluivano in serena fratellanza per festeggiare la ricorrenza nel santuario di Vallepietra. Si partiva il giorno prima per oltrepassare, tra il versante nord e quello orientale, attraverso i versanti delle montagne che fanno da pendici alla valle del Simbrivio, lungo dislivelli assai scoscesi, in alcuni punti quasi a precipizio. Il pellegrinaggio fatto a piedi e in comunità, talvolta con l'aiuto di animali da soma, si snodava lento e quieto, con le persone che si portavano, appresso, qualcosa per ristorarsi lungo il percorso. Quell'anno, oltre a festeggiare la Santissima, si andava in pellegrinaggio per una persona colpita da una gravissima malattia. Si trattava della mamma di Assuntina, Rosina, consorte di don Bartolommeo, che aveva perso la ragione, infatti, si era scagliata, improvvisamente, contro il marito e, come lo incontrava, lo insultava e tentava di colpirlo violentemente. Tutto aveva avuto inizio con un fondamento di verità quando, tornati dalla luna di miele, don Bartolommeo e Rosina erano stati accolti, nella loro nuova casa, da Annuccia, la sorella della moglie. L'avevano lasciata bambina e la ritrovavano donna, infatti, a Rosina non era scappata la sbirciata che il marito aveva lanciato ad Annuccia. La sua gelosia si ampliò, i suoi sospetti triplicarono, i suoi timori divennero, ai suoi occhi, delle realtà concrete. Giorno dopo giorno, la gelosia di Rosina peggiorava, la verità si mischiava alla sua fantasia malata, rimproverando al marito impossibili infedeltà. Lo obbligava a fare l'amore tutti i giorni, in maniera che lui fosse privato di ogni energia e impossibilitato a trasgredire. Scacciò di casa sua sorella Annuccia, mandò via la governante Nannina, non volle più vedere sua figlia Assuntina, assaliva qualunque donna vicina alla sua casa. Alla fine tentò di uccidere di notte il suo sposo, mentre dormiva; con un rasoio gli si avvicinò al letto e lo ferì al collo. Le crisi, sempre più violente, non si placarono neanche con l'intervento dei medici, che suggerirono, dopo inutili e prolungati tentativi, l'internamento presso un manicomio. La fecero vivere in una casa isolata, tenuta a bada e sorvegliata da gente fidata, ma le energie si stavano per assottigliare. Suo marito don Bartolommeo, secondo tradizione e credenza, aveva interpellato un gruppo di giovinette del posto, proprio per pregare e presentare, per conto dell'ammalata, la grazia presso il santuario della Santissima in occasione della festa religiosa. Si trattava di tre giovinette adolescenti e pure, che venivano in aiuto, con il beneplacito dei familiari, assai disponibili sia per l'onore ottenuto sia per una ricompensa in quattrini che se ne ricavava, generalmente utilizzata per accrescere la loro dote. Le tre giovinette, accompagnate da Nannina, la governante di don Bartolommeo, procedevano a piedi con il capo guarnito da un velo bianco e scortate lungo il cammino da persone affidabili. Assuntina, dalle forme lievi, si stava sviluppando con allungate e delicate gambe, un corpo magro e con la pelle di un colore alabastrino. Giulianella, da bambina, aveva sul suo capo dei boccoli spessi ma soffici, analoghi a dei petali vellutati, che si flettevano a ogni suo sorriso, come uno spirito d'ebano. Immacolata, invece, possedeva forme tozze e forti, la capigliatura diradata e sottile in modo incolto, che seguiva la linea della nuca, mentre le sue palme si presentavano tumide e avvampate. Le sue braccia erano ammantate da una scura peluria, in grado di seminare inaspettati stupori in chi la fissava; mentre il suo sguardo inespressivo sovraccaricava la sua intera figura. La bocca la teneva spalancata nel riprendere fiato, come se ogni passo le procurasse una sensazione di spossatezza. Le tre giovinette, durante il tragitto che era iniziato prima dell'alba, recitavano, in genere, il rosario, le litanie oppure salmodiavano gli inni religiosi. Illuminate dalla luce dei ceri, i visi delle pellegrine parevano inspiegabilmente diafani; irreali, rinfrescati dall'orezzo pomeridiano.

«Santissima Trinità ... E nui venimmo per grazie!» recitava Giulianella.

«Fancella, Santissima Trinità ... e fancella pe pietà!» gli rispondeva Immacolata.

Assuntina camminava seria e pensierosa. Triste e preoccupata per la mamma, la giovinetta si disperava, lasciandosi andare a cupe angosce.

«Che fai tu Dio? Perché aneli il bene degli uomini procurandogli il male? È forse l'uomo che ti deve insegnare l'amore e il buon sentimento? Lo stesso uomo, che si dispera a proclamare la tua innocenza? Smettila di esistere solo nella fantasia del povero illuso!»

Disse così a se stessa e continuò il suo cammino, come se fosse dea dagli occhi brillanti, verso l'alto delle vette, lasciando alle spalle il paese ancora dormiente, raggiungendo ai primi bagliori il Campo della Pietra.

«Finiscila di imbrogliare il pensiero di chi non conosce pace! Orsù convinciti che è tornata l'ora di volere bene! Impara ad amare e cessa di mentire! Ama te stesso come ben sai e fai! Oppure diventa altra cosa nel cuore della gente e impara ad amare veramente!»

Dopo diverse ore di cammino i pellegrini raggiunsero Vallepietra, che attraversarono in fila indiana, dietro al loro stendardo. Giulianella trovava ancora la vivacità per ripetere le frasi di rito, con il sorriso, pensando al ritorno e alle monete guadagnate, che tanto comodo avrebbero fatto alla sua mamma.

«Non mi dite Maria di grazia piena, chiamatemi Maria mar di dolore!»

Tutti i pellegrini fecero quello che andava fatto: si fermarono a farsi baciare i piedi a uno a uno dal decano della compagnia, recitarono i misteri doloroso e gaudioso lungo il percorso, lanciarono un sasso contro la propria croce di ferro piantata nei pressi del santuario, insieme con tutte quelle degli altri paesi. Le tre giovani verginelle fecero il loro ultimo tratto in adorato silenzio e scalze, così come prevedeva la tradizione. Immacolata aveva i piedi rovinati e feriti, era una bambina, non dobbiamo pensare male se lei dentro di se, ogni tanto, quando si feriva con un sasso appuntito, salmodiava un accidenti:

«Possi schiattà! Possi schiattà!»

Appena entrate in chiesa le tre verginelle s'inginocchiano e così raggiungono l'altare, dove strofinano un fazzoletto immacolato all'immagine della Santissima Trinità, "come per pulirla", per poi riportarlo, ben conservato, fino all'ammalata Rosina, per essere risposto sotto il cuscino dove riposa.

«Siamo tre verginelle! Siamo venute da longa via! Pe' vede' sta faccia bella! Faccela la grazia Santissima!»

Nello stesso istante, lontano, Rosina chiusa nella sua stanza in penombra, intravedeva tre giovinette che lo osservavano poggiate con le spalle agli stipiti della porta. La prima ragazzina era magrissima e dal colorito d'avorio, con l'aspetto assai raccolto e vigile; la seconda aveva i capelli ricci e un atteggiamento svagato, quasi distratto; la terza con il fisico tarchiato la osservava con sguardo sprezzante e maligno. Tanta era la stanchezza accumulata, mentre gli occhi delle tre ragazze fissavano Rosina, facendogli cenno, come se fosse venuta l'ora e la grazia esaudita.

«Addio Santissima, noi famo partenza! Chiediamo la licenza, e la santa benedizione!»

Le verginelle, tornando al paese, trovarono don Bartolommeo, che abbracciò la figlia e pagò le altre due giovinette. Rosina si era tolta la vita, tagliandosi le vene. Il suo dolore si era concluso.

21

EVOLUZIONE

La baita di donna Concetta, la mamma di Santino, era situata in montagna e delimitata da due versanti, nel cui fondo scorreva un corso d'acqua, a sufficienza protetta dalle raffiche, con le fondamenta ben saldate alla pietra. Era un piccolo rifugio fatto di massi e di sassi, nato come deposito o ricovero dei pastori, per poi essere trasformato in abitazione, con tronchi di albero e un tetto appuntito e rigonfio. L'abituro era composto di una cucina e da un unico ambiente, che svolgeva le mansioni di salone e stanza da letto, sopra al quale era situato un altro ambiente utilizzato come laboratorio. Aggiunto al rifugio sorgeva da una parte un semplice pollaio, in grado di proteggere poche galline, e dall'altra un bugigattolo senza finestre utilizzato per collocare la legna da bruciare nel camino. Una conigliera, costituita da un recinto e da un paio di gabbie, completava l'opera. Il gelo delle stagioni fredde tentava sempre di penetrare in casa, prima attraverso gli infissi poi lungo le crepe del tetto, in una lotta perenne per tenerlo fuori. Qui, tra i bisognosi spauriti, scorgiamo Santino e la sua mamma Concetta. La gente del paese raccontava che il padre di Santino fosse stato un soldato tedesco, che poi, una volta persa la guerra, fosse sparito come tutti i suoi camerati. Allora Concetta dalla città era giunta con il figlioletto fino al paese, ma una volta finita la guerra erano finiti anche i suoi pochi risparmi e un lavoro non l'aveva trovato. Qualche volta scendeva in città e lasciava il figlio a una vecchia, ma poi non ci fu più bisogno di andare a Roma. Nello stesso periodo, qualcuno del paese vide Giovanni Pasini entrare in quella baita di montagna. Si raccontava che Concetta fosse diventata la sua amante, la sua mantenuta. Lei aveva trentacinque anni compiuti da poco, e realmente non tentava assolutamente di dimostrare meno anni di quelli che aveva. Quando era giunta in paese, era assai magra e senza nessun fascino particolare, dal seno forte e con dei fianchi assai ampi, vestita alla cittadina con un paltò color caffè da donna sfiorita, con un bavero di pelo abbastanza liso. Alla mano sinistra portava una fede nuziale d'acciaio, sintomo che quella d'oro era stata offerta alla patria durante il fascismo. L'anello, terminata la guerra, andò a finire sulla scollatura, appeso a una catenina come segno della sua vedovanza. I suoi capelli ricci e corvini si avviavano a imbiancare, ma gli anni che avanzavano avevano preservato il suo viso, come se la vecchiaia avesse avuto timore di infrangersi contro quel muso dalla bocca protesa verso l'alto, in una sorta di mossa infantile, dove la magrezza aveva avuto la meglio. La nostra storia ha inizio verso il diluculo, mentre noi spariremo all'alba. Giovanni entrò in quel rifugio come se gli appartenesse e forse era vero, come un antico scozzese, che comprendesse assai bene, che alla base di tutto ci fosse la sua convinzione personale che in ogni generazione umana solo pochi, i cosiddetti giusti, conoscono la verità suprema. Egli si sentiva, in quel piccolo paese, superiore agli altri, investito di una missione particolare, che aveva come unico scopo la realizzazione di alcuni suoi esclusivi sogni. Per ottenere tutto questo, bisognava pazientare e, nell'attesa, rubare alla vita quello che serviva per rendersi presentabile agli occhi dei meno ingegnosi. Donna Concetta sapeva bene quanto valessero poco gli uomini, abituata a soffrirne, era riuscita a farne la sua fonte di sussistenza. Quando giunse Giovanni Pasini, gli entrò come una lama nella carne e senza chiedere alcun consenso, così sicuro che nessuno e niente gli si potesse opporre. Egli arrivava la mattina all'improvviso, una o due volte a settimana, spesso quando il ragazzo era scuola, senza mai fermarsi la notte. La casa di Concetta, quando lui non c'era, tornava però a essere devastata dall'angosciata assenza di rumori che riconsegnava la donna in una compassionevole illusione di spasimo più che in un individuo animato. Quando il bambino era nel rifugio, Concetta si sfiancava di celare le sue preoccupazioni, di manifestarsi di buon umore per non smorzare quell'innata vitalità che le rievocava l'indole del padre, un marinaio morto in guerra e non certo un tedesco. Faceva di tutto per preservare quei lati buoni del suo carattere, nella speranza che mai il bambino, ingegnoso com'era, avesse mai dovuto patire della sua situazione familiare. Giovanni Pasini dava alla donna e a suo figlio l'essenziale per una sicurezza economica, senza mai superare l'ordinario e permettere a Concetta di entrare nel lusso. Non la trattava male, non la picchiava, non gli ordinava nulla, non era geloso, non alzava mai la voce, si prendeva da lei quello che gli serviva, senza bisogno di pretendere oppure domandare. Spesso portava un pensiero a suo figlio, una canna da pesca, un fucile di legno e, se c'era da dare qualcosa in più, era cosa certa che fosse per Santino piuttosto che per lei. Una volta salvò la vita al bambino, quando si ammalò di difterite. Erano almeno dieci giorni che Giovanni non la andava a trovare, per via del fatto che era dovuto andare a Cassino per certi suoi affari. Quando tornò all'improvviso, trovò a casa il bambino con la febbre alta e assai sofferente alla gola, al punto che aveva difficoltà a respirare. Gli fece aprire la bocca e ricordò di aver già visto quelle placche, non perse un attimo e corse con la sua doppietta in spalla a cercare il medico condotto. Non lo trovò subito perché il medico era in giro a trovare certi suoi pazienti, era stato fuori tutta la notte per un parto difficile, per via del fatto che il neonato si presentava in posizione trasversale. Quando tornò stanco presso il suo studio, il medico trovò Giovanni Pasini che lo guardò dritto negli occhi.

«O' criaturo, e' femmena Concètt, ha a' difterìt!» gli disse.

Il dottore prese con sé dell'unità di siero e quanto necessario, poi insieme risalirono la montagna, con due muli, senza bisogno di dirsi altro. Quando giunsero davanti al rifugio, il medico entrò e visitò il bambino insieme alla madre, mentre Giovanni aspettava fuori.

«Benedetta donna, la situazione è assai seria, perché il bambino ha la difterite, la gola è già piena di placche. Mi dovevate chiamare prima, adesso gli faccio una puntura sulla coscia e gli inietto il siero antidifterico nella speranza di essere arrivati in tempo, perché il rischio è che non gliela faccia a respirare.»

«Me lo salvi dottore, è l'unica cosa bella che ho!»

«Dobbiamo aspettare e sperare!»

Le ore passavano, ma la temperatura non scendeva e verso il tramonto la difficoltà respiratoria invece che migliorare, peggiorava. Il dottore uscì dalla casa e venne a parlottare con Giovanni.

«Devo incidere la trachea», chiarì «e infilarci nella parte interna un tubicino d'argento per dare a Santino la probabilità di respirare meglio.»

«Fa in tiemp ad arrivàr all'ospedàl?»

«Rischia di morire, strada facendo!»

«Allorà facciamòl!» disse Giovanni.

I due uomini entrarono in casa, la donna bollì quanto serviva per operare, mentre il medico con la tintura di iodio spennellava la zona da incidere e poco dopo affondava il bisturi nella gola di Santino. Concetta gli reggeva le gambe, mentre Giovanni gli teneva ferma la testa.

Il volto del bambino era cianotico, ma il dottore sapeva cosa fare e senza perder tempo, nonostante il sangue che iniziò a colare, cercò di incidere la trachea, mentre Concetta a piedi del tavolo sveniva lentamente in terra.

«Tampona con le garze qui e qui!» diceva il medico a Giovanni. Alla fine, una volta inserita la sonda d'argento, Santino fu salvo, mentre la cianosi veniva meno e il polso si consolidava. Questo era, anche e non solo, Giovanni Pasini.

Diverso tempo prima dei fatti qui raccontati, antecedentemente alla venuta del nuovo maestro, il borgo fu al centro di diversi spiacevoli accadimenti. All'inizio della primavera del 1944, il paese di Xxxxxxxxx, dove nacque il ministro della guerra della Repubblica sociale italiana, pareva essere caduto in un'integrale sommossa, apparentemente come se i garibaldini fossero sopraggiunti per farne una nuova Mentana. Numerosi paesani, osservando le femmine accorrere lungo la via principale del paese e udendo i ragazzini urlare dagli angoli delle viuzze laterali, si sbrigavano a raccogliere le loro cose per essere pronti alla bisogna e, nel tentativo di farsi forza, raccogliendo la zappa o il robusto bastone, s'incanalavano verso l'osteria di Furmine, all'inizio del borgo, dove si radunava, aumentando di volta in volta, un ammasso di abitanti scomposto, chiassoso e febbricitante. Alla fine tutto si risolse e la gente tirò un respiro di sollievo, quando ci si rese conto che si trattava solo dell'arrivo di un gruppo numeroso di sfollati e non di un'incursione dei tedeschi. Erano tempi pericolosi, dove ogni giorno nelle città vicine i tedeschi, una volta cobelligeranti, procedevano a requisizioni, saccheggi, arresti e fucilazioni. A febbraio l'abbazia di Cassino era stata distrutta dagli alleati, mentre ad Anzio gli americani erano già sbarcati e in procinto di conquistare Roma. Il Re faceva la guerra a Hitler, Mussolini aveva dichiarato la guerra al Re, poi, oltre ai conflitti ufficiali, vi erano le lotte partigiane, c'erano le truppe di colore francesi, gli sfollati, le brigate nere, i tagliaborse e gli sbandati che combattevano sotto ogni bandiera. I paesani si organizzavano per proteggere i propri beni e la loro vita dal male che li circondava, senza dimenticare però la loro generosità, dando rifugio a migliaia di profughi, portando da ottocento a cinquemila il numero degli abitanti. I paesani davano aiuto ai partigiani occasionalmente, quando erano diretti verso il fronte, oppure in fuga dai rastrellamenti, inoltre nascondevano, in una casa fuori dal paese, un paio di prigionieri inglesi fuggiti dai tedeschi. Fra i tanti sfollati, arrivati quel giorno, c'era anche un diciottenne di nome Dante, che aveva seguito la famiglia fuggita in seguito ai violenti bombardamenti alleati di Nettuno. Il ragazzo in realtà aveva aderito alla brigata nera degli Altipiani e faceva la spia sotto copertura, fingendosi simpatizzante del movimento partigiano. Questa finzione gli consentì di introdursi nella famiglia di don Bartolommeo, infatti, il giovane, già scaltrito, non chiese nulla al padrone di casa, ma cominciò a prestare molte attenzioni alla figlia Assuntina, forse a corteggiarla. L'astuzia ben presto diede i suoi frutti e saltò fuori che don Bartolommeo era inserito in un'organizzazione partigiana, che faceva capo al medico condotto del paese, il quale, in apparenza, seguiva solo la propria attività professionale. Alle sei di mattina, di un freddo e nuvoloso primo maggio del 1943, scattò la trappola. La casa di don Bartolommeo fu circondata dai militari tedeschi e dai brigatisti, dove furono catturati tutti i presenti, compresa la giovane e ingenua Assuntina. I soldati inglesi e la maggior parte degli uomini più esposti alle rappresaglie, nel frattempo, si erano allontanati sia verso l'Abruzzo sia verso le montagne circostanti. In rapida successione furono rinchiusi nel comune tutti coloro sospettati di far parte del comitato di liberazione del paese, compreso il sindaco, il maresciallo dei Carabinieri, il segretario comunale e il parroco. Gli arresti delle persone della lista fornita da Dante ai tedeschi terminarono quando il medico condotto del paese, già prigioniero, si assunse la responsabilità delle attività partigiane. Il dottore subì un interrogatorio durissimo, torturato e infine ucciso in un luogo e in una data non precisata. Il giovane Dante si allontanò dal paese seguendo i tedeschi in ritirata e nessuno seppe mai più niente di lui. Nel frattempo Assuntina cadde in un'inspiegabile condizione di strazio che la obbligava a restare immobile e bloccata sul suo giaciglio, a rigurgitare qualunque alimento o decotto, alimentandosi esclusivamente dell'ostia consacrata, senza camminare. Situazioni e storie che sembrano irreali e farneticanti in una comunità, sono in grado di essere tollerate e puntellate in un'altra. Presso talune società, le illusioni visuali oppure ascoltare delle voci di origine divina sono scheggia integrante della coscienza di un fedele. Prima, durante e dopo eventi storici tragici e duraturi, è normale che le statue dei santi piangano, che i bambini vedano la Madonna e che i giovani rivivano tutte le ore della passione di Nostro Signore Gesù Cristo. Non trovando una spiegazione scientifica, i medici si affidarono alla Chiesa, così il suo confessore ne parlò al Vescovo, che suggerì di far scrivere alla giovinetta quanto succedeva tra Gesù e lei, comprese le grazie che riceveva assiduamente. Assuntina non viveva di buon grado il suo stato e le sue sofferenze, mentre suo padre taceva e sopportava quella figlia che con la sua nascita aveva provocato indirettamente la pazzia della madre e in seguito la sua morte. Il paese, in un primo momento, aveva assistito attonito, poi ne aveva amplificata la leggenda finché l'intervento del parroco aveva rimesso le cose a posto. Oramai da diversi anni Assuntina raramente usciva dalla sua stanza, al punto che Rocco non l'aveva mai potuta vedere, benché fosse ospite da svariato tempo nella casa di don Bartolommeo. Un pomeriggio, uscendo dalla casa, don Bartolommeo incontrò Rocco che rientrava da una breve passeggiata in paese, dopo essere stato per quasi una settimana a letto con la febbre per via di un'influenza.

«Signòr maestrò, cumpagn miò» disse don Bartolommeo, «sietè guarìt ro' tuttò?»

«Sto molto meglio, grazie!» rispose l'uomo.

«Ah, comm vurria potèr ricere o' stessò pure io» annotò don Bartolommeo, accomodandosi su una panchina nei pressi con un'aria di grande sfinimento.

«Vi sentite poco bene?» chiese Rocco.

«Fisicamentè nun direi ma angosciatò, uaglione miò, chistu si!» precisò l'assessore.

«Mi spiace in maggior misura, ascoltare una cosa del genere!» disse cortesemente Rocco. «Un dolore fisico, infatti, si patisce con migliori risultati di uno psichico.»

«Voi potetè comprendèr cosà signifìch ppe nu' pate osservàr a' proprià figlià, rinchiùs in casa in nu' lettò e' dolorè!» sussurrò don Bartolommeo, sfregandosi la fronte con ampio cruccio.

A Rocco venne spontaneo chiedere: «Avete bisogno?»

«Vurria ca' fostè voi a bberè mia figlià e a darmì nu' parerè in meritò.»

Mentre Rocco si domandava quale fosse l'intimo tormento che affliggesse don Bartolommeo, si ritrovò guidato e accompagnato, quasi sostenuto verso la camera di Assuntina. Lungo corridoi e attraversando ampi e confusi ambienti, il signor Bartolommeo sporse l'estremità della sua testa e poi, silenziosamente, il corpo a traverso il battente accostato, per chiedere con soffice avvertimento:

«Pòzzo disturbàrt Assuntìn?»

«No» rispose la figlia.

«Sul nu' attim! Pòzzo fatte conoscèr na' personà, trasi' e parlarè?» premette don Bartolommeo.

«O' sapetè ca' vogliò restàr solà. Jate vià!»

Il padre, però, senza desistere, sostenuto dal desiderio di trovare risposte alle proprie angosce, si azzardò a non ubbidire, e, infilandosi nella stanza, si avviò verso sua figlia, contemporaneamente facendo segno a Rocco di seguirlo.

«Pecché te tortùr in chesta manierà? Apri a' finestrà, fai trasi' l'arià!» disse don Bartolommeo, abbracciando la figlia e sorridendogli.

«Uffà! Nun te pòzzo patirè!» rispose Assuntina.

«Nò... eh, nun puo' tolleràrm quann te dicò cheste cosè? Nun può esserè. Nessùn figlià dirèbb cheste cosè a suo pate!» esclamò il padre.

Assuntina fece il broncio, ma conciliante esclamò: «O' saje ca' te vogliò benè, ma nun vogliò esserè disturbàt quann song tra e' braccià ra' Divinà Volòntà, sebbèn sott' o' torchiò re' privaziòn ro' mie dolcissìm Gèsù. Senzà e' isso e' ore song secolì, e' iuorni song interminabìl e sentò tutta a' durèzz ro' mie lungò esiliò!»

Don Bartolommeo volse lo sguardo in direzione di Rocco, come se cercasse conforto alla sua disperazione, ma il maestro restò muto, insensibile alla richiesta di aiuto. Si sentiva tutto annichilito e dubbioso su tutto ciò che osservava e si domandava tra se:

«Possibile che le apparizioni di questo tipo sono un modo per sublimare i propri istinti sessuali repressi? Non è un avvenimento fortuito, che la maggior parte dei casi è costituito da persone sessualmente immature!»

Rocco lentamente si fece indietro e, quasi imbarazzato, uscì dalla stanza di Assuntina, per poi celermente abbandonare la casa. All'aperto si fermò in attesa di don Bartolommeo, che lo raggiunse dopo poco.

«Ca' ne pensatè?» domandò l'uomo.

«Nulla! Non date peso alle mie parole, credo che dipendano solo da una sensazione. Penso che Assuntina sia delusa dagli uomini, che il tradimento di quel Dante, entrato in casa vostra con l'inganno sia parte di quanto accaduto a vostra figlia. Inconsciamente, forse, lei vi fa responsabile di non averla protetta in quella circostanza, di non aver scoperto la falsità di quel giovane che introdottosi a casa vostra con l'inganno si è trasformato in un emissario del diavolo in terra.»

Don Bartolommeo restò a guardarlo, mentre il rumore dei suoi pensieri si facevano strada nella tranquillità della campagna.

«Chillu diavòl nun vennè in casa nostrà ppe casò. Nun rischiò a' vità senzà dei validì motivì. Na' spià qui into pais facette o' nomè nostrò. Nun fu casuàl l'incòntr tra Assuntìn e Dantè, a' spià.»

«Voi sapete chi vi tradì?»

«Nun possièd nessùn provà, ma na' solà persòn avrèbb guadagnàt ra' mia mortè.»

«Di chi si tratta?»

«'O malommo!»

«Proprio lui?»

«A chillu tiemp facevò partè ro' Comitàt e' Liberaziòn Nazionalè, ppe'tramente' 'O malommo, pur nun essènd in paesè, facevà partè e' na' formaziòn partigiàn in Abrùzz a ridòss ra' Maiellà! Si era specializzàt nell'eliminaziòn e' spiè e traditorì. Li individuavà, li interrogàv e li eliminavà. Tantè vote' avevà scambiàt prigionièr fascìst cu partigianì, infattì, e' aggànc tra e' filè re' brigàt nerè li avevà tuttì e sapevà comm muoversì.»

All'epoca bastava scambiare un'informazione in cambio di una vita, una mano lavava l'altra. I due uomini si guardarono e ognuno si allontanò in una direzione diversa, ogni cosa sembrava andarsi a combaciare.

IL MONDO È TUTTO CIÒ CHE ACCADE

Esistono ormai regioni della quotidiana esistenza somiglianti ai vuoti e disadorni rifugi di montagna, dove perfino un tormentato membro dell'Arcadia si rifiuta di dividere con altri suoi simili. Nel paese di Xxxxxxxxx vi era un luogo che aveva avuto esito positivo nel riunire, ognuno con il suo ruolo ben preciso, i vitali individui del paese ed era il circolo della caccia. Non era poi importante se tutti o solo qualcuno andasse veramente a caccia, di certo tutti sapevano giocare a carte. Il circolo si riuniva una volta a settimana nella piccola sala sotto il comune dove, scendendo una scala, si raggiungeva una sorta di salone, adornato da qualche reperto risorgimentale appeso alle pareti. In quell'ambiente il sindaco, il segretario comunale, gli assessori, il medico condotto e gli altri uomini importanti del paese si riunivano, compreso il maestro e senza disdegnare il bidello e l'oste. Si beveva e si giocava a soldi moderatamente, senza nessuna esagerazione, l'unico luogo dove, i risentimenti personali e le ripicche si venivano ad acquietare, come in una sorta di tacita approvazione e tiepido assenso. Solo in quel luogo, Giovanni Pasini e suo figlio Alvaro potevano incontrarsi con don Bartolommeo, senza per questo fare questioni o mettere in moto risentimenti o maldicenze. A Giovanni, detto 'O malommo, ma solo quando lui non sentiva, gli piacevano le carte, perché al circolo si giocava spesso a scopa, briscola, scopone scientifico e tresette, ma uno era il suo divertimento preferito. Al circolo della caccia uno solo era considerato lo svago dei signori, delle menti brillanti, dei possidenti o di coloro che sapevano ed erano a conoscenza dell'essenza della vita. Il traversone, noto anche come perdino, tresette a perdere, alla meno, vinci-perdi, ass' e mazza, busche, carcarazzu, piloffio, rovescino, solino, tressette ca' sola e tant'altro ancora. Il principe dei giochi di carta, una sorta di bridge dei poveri, nel circolo si praticava con tavolini da otto persone, che combattevano individualmente e dove a vincere, era sempre l'ultimo giocatore sopravvissuto. Si giocava con un mazzo di quaranta carte napoletane, dove l'asso valeva un punto mentre, tre, due, re, cavallo e fante contavano un terzo di punto e, le restanti carte, non valevano nulla. In questo gioco si rispondeva sempre al seme ma, al contrario del tresette, vinceva chi otteneva il minor punteggio possibile. Il traversone era un gioco semplice, ma che abbisognava di una mentalità complessa, dedita a un ragionamento ambiguo, dove all'improvviso si potevano sovvertire le regole, catturando tutte le prese e trasformando così una partita persa in una vittoria completa. Soltanto due volte, in tutti questi anni, don Giovanni e don Bartolommeo si erano ritrovati a giocare a traversone rimanendo soltanto loro due per l'ultima partita. In quelle occasioni, si sarebbe dovuto decidere chi fosse per quell'anno il capocaccia e, in entrambi i casi, aveva vinto don Bartolommeo. Una volta l'anno i soci, infatti, organizzavano una grande battuta di caccia fra i monti vicini, con i mesi antecedenti passati a discutere su come organizzarla, mentre una volta fatta, si trascorreva il tempo a questionare e litigare sul trionfo o l'insuccesso degli uni e degli altri.

«Nòn vogliò cchiu' i' a caccià pèrché, si fossè ppe me, e' animàl potrebbèr continuàr a masticàr e campà serenì, sia e' cinghiàl dei Simbruìn sia e' volatìl e' passaggiò», disse don Bartolommeo.

«Io pure, con la dea della caccia, ho tenuto continuamente relazioni incostanti e nello stesso tempo travolgenti, come per la donna desiderata. Da ragazzo, la battuta al cinghiale mi ha regalato emozioni straordinarie e mi ha fatto correre pericoli e comprendere cosa sia la vera amicizia», lo interruppe il medico condotto.

«E voi signòr maestrò, ca' ne pensatè?» domandò il segretario comunale.

«È vero, quest'attività venatoria mi ha fatto comprendere chi sono gli amici di cui ci si può fidare e quelli da cui diffidare, ma non è l'uccisione degli animali che mi attira, semmai il camminare tra i boschi insieme alle persone giuste oppure il lottare contro gli agguati degli uomini.»

«Nòn fatevi sentì dal marescialllò, altrimènt chi'o'ssape ca' ideè si fa sullè nostrè battùt e' caccià!» commentò il sindaco con un sorriso.

Il cinghiale e l'orso non si cacciavano più perché erano spariti, già prima della guerra, per via della fame la gente si mangiava tutto, sia gli animali piccoli sia quelli grandi. Non si allevavano animali inutili e quelli selvatici erano sterminati, sia con le ali sia con le zampe, grandi e piccoli. Istrici, cinghiali, lepri, fagiani, allodole, cervi, orsi, aquile, si sparava a tutto e quando non si avevano le cartucce si passava ai lacci e alle tagliole. Gli animali dannosi, come volpi e lupi, erano gli unici che si riproducevano, senza mai cessare di essere un pericolo. Una volpe nel pollaio uccideva tutto, così come un lupo in mezzo al gregge. Spesso erano i cani selvatici a uccidere gli animali domestici, ma la colpa ricadeva sempre e solo sul lupo. Negli anni successivi, quelli dell'oscar della lira, si ritornò a pensare a ripopolare le campagne di animali selvatici, secondo norme assai discutibili. I cinghiali li prendevano all'estero, così come gli orsi, i cervi, i caprioli oppure i volatili e i pesci, senza badare alla conservazione della razza.

«E voi ca' ne pensàt zi' Carmelò, ci sarànn e' cinghiàl quest'annò?» chiese il segretario comunale a un vecchio del paese.

«Stramaledìc o' cinghialè, pécché quann si sentè perzo e attorniàt dai cacciatòr e dai canì, nascòst tra e' cespuglì, spingè e' figlì fori ra' tanà in manièr ca' e' predatòr li inseguanò, ppe'tramente' "O malòmm scappà ra' partè oppostà!» esclamò il vecchio, che in genere durante il giorno, sostava nei pressi della fontana del paese.

«Er lupo, ar contrario, va fori lui da a tana a difesa dei cuccioli e se batte fino all'urtimo, ner tentativo de sarvarli!» continuò l'oste.

«Un cacciatòr ràccontò e' avèr sparàt na' vota a nu' lupò e raggiùnt l'animàl ppe sgozzàrl cu nu' pugnalè, a' bestià e' abbià sfioràt e' dità, pensànd ca' o' volèss aiutarè!» sostenne il bidello.

«Tuttè stronzatè! Nu' lupò verò e' avrèbb staccàt e' dità!» interruppe don Giovanni, battendo sul tavolo la sua mano enorme.

«Piuttòst c'è ra decidèr si utilizzàr e' pallettòn e' piombò o chilli e' acciaiò, e' primì o' mument dellò scoppiò si riscaldàn e quann entràn int'a' pellè quasì nun si sentonò, a causà ro' calorè, ppe'tramente' chilli e' acciaiò song comm re' lamè freddè ca' te colpiscòn rinto e e' sentì tuttè!» disse il sindaco, cambiando diplomaticamente discorso.

«La rosà dei pallìn e' piombò è cchiu' estesà, ppe'tramente' chella e' acciaiò è assaie cchiu' compàtt e quann arrivà a bersagliò è menò profondà. Io a nu' lupò nun sparereì maje cu chilli e' acciaiò, ma a nu' omm ca' odiò, o' facesse sul cu quellì!» rispose don Giovanni.

Gli uomini si guardarono tra di loro e poi i discorsi continuarono, finché si fece tardi e come da tradizione la combriccola si sciolse. Ognuno tornò a casa sua, mentre a qualcuno venne in mente che, per salvarsi dal cinghiale che vuole copulare con le femmine dei maiali, causando l'imbastardimento della razza, ogni mandria oltre ai cani e al pastore si tutela con il verro. Soltanto lui, nel buio della notte, diventa l'ultima difesa contro il cinghiale, mentre la lotta si svolge muta a morsi e a zannate.

La scuola si trovava vicino al palazzo comunale, ospitava solo due piccole aule, con un solo maestro sia per le elementari sia per le maggiori. Si andava a scuola tutti i giorni della settimana tranne il sabato pomeriggio e la domenica. Non c'era il riscaldamento e le aule erano intiepidite con la stufa. Ogni allievo doveva trasportare da casa una parte della legna usata. Il signor maestro avrebbe potuto usare la bacchetta di legno sulle mani degli alunni più indisciplinati, oppure tirare le orecchie, dare calci e sberle, senza contare l'obbligo di stare dietro la lavagna in punizione. Rocco guardava i suoi alunni, da quelli più piccoli a quelli più grandi, all'inizio non lo ascoltavano, parlavano tra di loro, intagliavano i banchi con dei coltellini, arrivavano tardi. Parlavano in dialetto, rispondevano con ostilità a qualunque domanda, non avevano libri, spaccavano i pennini, stropicciavano i quaderni, non facevano i compiti. Provocavano interruzioni, facevano baccano e a pugni tra di loro, non frequentavano la scuola, raccontavano bugie, urlavano, alla meglio guardavano fuori dalla finestra in silenzio, completamente estranei a tutto il resto. All'inizio fu difficile farsi comprendere, si trattava di usare le maniere forti oppure di conquistare il loro rispetto, ma in entrambi i casi, la cosa aveva i suoi lati diabolici. Rocco amava Freud e a lui si rivolse per dirimere la questione. Nel 1871 nel Piemonte la metà della popolazione era analfabeta, nel meridione la percentuale saliva quasi al novanta per cento, nel dopoguerra la situazione era certamente migliorata e con la nascita della Repubblica si stava andando ben oltre. Il maestro aveva come alunno anche Santino, il bambino di Concetta, senza contare Orazio, il figlio del sindaco e Virgilio Cracco, il cuginetto di Jesi.

A Rocco era affidato l'andamento e la didattica in tutta la scuola, che fosse stato facile fin dall'inizio, sarebbe raccontare una bugia, ma alla fine, superati i primi momenti e le difficoltà della vita quotidiana, tutto rientrò nella norma. Al bidello Aristide era affidata la disciplina, perché li conosceva uno per uno, sapeva di chi erano figli, che vita facevano, che carattere avevano, i loro pregi e i loro difetti. Nulla sfuggiva al custode, infatti, si sospettava che disponesse di una rete d'informatori tra gli stessi bambini, tenuti ben segreti e riforniti di dolcetti e figurine. All'interno delle classi vi erano due bande principali, quelli della Fontana e quelli del Cippo, ognuna con le sue regole, ognuna con i suoi adepti, entrambe pronte a farsi la guerra a colpi di sassi e sgambetti. Per evitare danni e noie ad ambedue, il territorio della scuola era stato eletto come zona affrancata, dove nessun gesto ostile poteva essere compiuto, anche se, ogni tanto, qualche deroga era consentita. All'inizio nel paese c'era una sola banda, quelli della Fontana, ma la cosa dopo poco si fece noiosa e così dei fuoriusciti si organizzarono in quelli del Cippo. Per far funzionare una buona società, ci devono essere amici e nemici, senza gli uni non hanno senso gli altri. La banda della Fontana comandata da Orazio, il figlio del sindaco, dominava sul centro del paese e aveva la sua base proprio nella piazza principale a ridosso della fontana, mentre quella del Cippo era guidata da Virgilio Cracco, il nipotino di Jesi, che controllava i dintorni del paese, compreso il piccolo parco che aveva a disposizione un piccolo campetto da calcio. Tra le due bande ci si sfidava per il gusto di farlo ma, ultimamente, la guerra era scoppiata proprio per colpa di quello spazio, dove si poteva giocare a pallone. Il conflitto consisteva nel lancio di sassi, in rapide bastonate, in aggressioni e agguati improvvisi e negli arresti di tutti coloro che attraversavano il territorio nemico. Una volta fatto prigioniero un avversario, si procedeva alla *stira*, in pratica gli si calavano i pantaloni e si lasciava in mutande, nascondendogli gli indumenti. Il poveretto doveva ritornare a casa nudo, salvo che non incontrasse qualche anima buona che lo riparasse dall'incomodo.

I ragazzi sembravano dei veri indemoniati e un giorno, quando videro entrare in classe il maestro, erano pronti a scatenare l'inferno, ma lui non gli diede il tempo.

«Forza ragazzi! Si va a giocare a pallone.»

Non ci fu bisogno di metterli in riga, perché era una bella giornata e i bambini stupiti lo seguirono increduli. Il maestro assegnò loro i ruoli, compresi guardalinee, portatori di acqua, allenatori, riserve e spettatori, tra i quali molte bambine. Si formò la prima squadra non rispettando l'appartenenza alle bande, bensì l'età e l'abilità di ciascuno. I bambini decisero di dividersi in grandi e piccini, dove chiaramente i più forti sembravano proprio quelli più adulti. I grandi ridevano e sfottevano i nani, sicuri che non ci fosse storia. Al bidello che li accompagnava, spettò il compito di arbitro, mentre il maestro per riequilibrare la potenza delle squadre, giocò con i piccoli. I più grandi provarono a protestare, ma non ci fu bisogno di insistere più di tanto. Il maestro si tolse la giacca, le scarpe, i calzini, si arrotolò i pantaloni così come tutti gli altri giocatori.

«Allora ragazzi, come in ogni partita mettiamo un premio per chi vince. Alla squadra che perderà, toccherà pulire la scuola da cima a fondo.»

«Vale pure per Lei, signor maestro?» dissero i ragazzi grandi.

«Certamente!» acconsentì Rocco.

Il maestro riunì intorno a se i bambini piccoli, a ognuno diede la propria zona di campo da sorvegliare, raccomandandogli di osservare le istruzioni e di non correre appresso alla palla. Poi il maestro si lanciò nella lotta con impeto sportivo, puro ma razionale, ingaggiandosi in duelli e scontri a centro campo, dove passaggi esatti e tiri potenti, rigori e punizioni, si alternavano a corse e recuperi impossibili. Il maestro dovette correre e impegnarsi molto più di quanto pensabile, qualche volta almeno tre ragazzi lo stesero da dietro, ma l'arbitro intervenne. Rocco non ebbe pietà, giocò come Piola, alla vecchia maniera, senza sconti per nessuno, mentre i ragazzi lo guardavano increduli ed entusiasti. La partita fu molto più equilibrata e alla fine del primo tempo si era ancora in perfetta parità. A circa cinque minuti dalla fine, i bambini piccoli erano stanchi, mentre in quelli grandi aumentava la rabbia e la voglia di vincere. La palla arrivò tra i piedi del maestro, che senza indugio la stoppò con il piede sinistro e immediatamente la colpì con il destro di collo piede in direzione della porta. Come in tutti i campetti di campagna, le porte erano di fortuna, i pali erano ben interrati nel terreno, ma le traverse erano virtuali. La palla sorpassò il portiere della squadra dei grandi e il bidello assegnò il goal alla squadra dei piccoli. A questo punto scoppiò il caos, perché per i grandi la palla era alta, mentre per l'arbitro era buona. Dopo molte parolacce e piccole risse si ritornò a giocare, ma il clima era molto teso e quindi il maestro smise di giocare e i ragazzi grandi riuscirono a pareggiare. Si stava sul punteggio di quattro a quattro quando, a un solo minuto dalla fine, il maestro ritornò in campo e con un abile passaggio smarcò Santino, il figlio di Concetta, che riuscì a segnare appena in tempo. Sulla via del ritorno il maestro prese sulle sue spalle Santino e lo portò in trionfo fino a scuola. La sera stessa Rocco incontrò il maresciallo Altamura e don Bartolommeo.

«Ho parlato con Santino! Gli ho chiesto cosa voleva significare con quel suo disegno e lui mi ha risposto che se l'è immaginato, perché lo aveva sentito dire da sua madre, che lo aveva saputo da don Giovanni.»

I tre uomini si guardarono perplessi, si trattava di capire cosa ci fosse dietro questo piccolo indizio.

«Che dice il parroco?» chiese il maresciallo dei carabinieri.

«La stessa cosa. Dice che il bambino lo aveva sentito dire da sua madre!» intervenne don Bartolommeo. La verità era ancora lontana da dimostrare. I tre uomini si separarono ognuno di loro chiuso nei propri pensieri.

UN DIO OLTRE LA RELIGIONE

Alitava sul bosco intorno al paese un breve fortunale, infiammato da vento smodato, in grado di inseguire le nuvole cinerine e grevi, sulle cime scure delle catene dei monti circostanti. Difatti, quando i cacciatori, risalendo lungo la valle, giunsero ai campi in alto, non piovigginava ulteriormente. Le raffiche della corrente si rialzavano risuonando sul margine della selva, percuotevano gli uomini vincolati tra di loro, mostrandogli in questo modo, perfino l'antistante vallata solida e severa del Ceraso, in un comunicare di schiume candide. Tuttavia verso il basso a oriente, all'estremità del bacino, si scorgeva un lucente esordio di quiete, una debolezza della brezza; e a ridosso del cupo monte del Tarino faceva coppia l'iniziale volteggio di sole. Don Bartolommeo, in un pastrano nero da caccia, con la coppola in testa e il suo fucile sovrapposto bresciano a tracolla, procedeva irrequieto per il sentiero, osservava intorno, scrutava lontano, si arrestava a disporre i cacciatori negli appostamenti, incitando quel sordo di ciuco che non giungeva solerte. Venne il giorno della caccia e fu la guerra. Una volta organizzata la braccata, fin nei minimi particolari a tavolino, era venuta la volta dei fatti e dell'azione. Uomini e cani avevano trovato la loro posizione, i cacciatori separati tra inseguitori e poste, all'improvviso, venne il silenzio, rotto da qualche imprecazione e ripreso dagli sguardi severi dei più anziani. Spesso ognuno di noi trascorre tutta la sua vita per decifrare quello si che prova, ma alla fine non s'impara mai dove andare, questo accadeva ad alcuni cacciatori che, irrequieti, si trascinavano, con la scusa del freddo, da una parte all'altra senza trovare la loro giusta quiete. La braccata stava per iniziare e con leggi ferree, organizzata nei minimi particolari, anche se era stata prevista una piccola percentuale d'improvvisazione. Immaginate un imbuto visto dall'alto, dove alla fine ci sono i cacciatori disposti in una formazione a zoccolo di cavallo, mentre lungo il percorso altri tiratori in postazione fissa sono pronti a sparare al volo. I margini dell'imbuto sono segnati da reti di corda oppure da un filare di rami secchi, intrecciati fittamente tra di loro, con lo scopo di fermare la fuga degli animali più grandi. Spesso, nei sentieri naturali, sono posti dei lacci di filo di ferro, dove gli animali s'infrangono per finire strangolati. A spingere gli animali verso il finale della trappola ci sono gli inseguitori che, preceduti dai cani, hanno sia il compito di sospingere gli animali verso il loro fatale destino, sia quello di abbattere tutta la cacciagione che tenta di tornare indietro oppure che si rintana nei ripari più disparati, nel tentativo di essere sorpassata dalla minaccia, per poi fuggire in direzione contraria e verso la salvezza. Ai cacciatori più quieti e anziani si affidano le postazioni fisse, mentre a quelli più affidabili ed esperti tocca il compito d'inseguitori, frammisti a coloro meno esperti, cui è affidato esclusivamente il compito di far schiamazzo, al fine di spingere le prede verso il ferro di cavallo, dove altri cacciatori hanno il compito di abbattere tutto quello che viene loro incontro. I cani hanno il compito di stanare gli animali che trovano rifugio in tane o anfratti, inoltre il loro latrare avverte i cacciatori in postazione fissa che stanno arrivando gli inseguitori. Il pericolo di spararsi addosso è evitato dal fatto che non si spara mai a un rumore, ma solo a vista. Non si spara ad altezza d'uomo, ma verso l'alto in caso di cacciagione con le ali e verso il basso per tutti gli altri animali. Arrivati all'orlo della zona detta a ferro di cavallo, gli inseguitori si fermano e chiudono il cerchio, mentre tutti gli animali all'interno dello spazio aperto sono uccisi. Tre colpi di fucile diedero inizio alla braccata. Dopo poco don Bartolommeo, che era al centro degli inseguitori, si arrestò, abbassandosi per controllare il suolo, mentre alla sua destra vide don Giovanni che entrava nel bosco insieme ai suoi cani. Alla sua sinistra sapeva esserci il sindaco, che avrebbe incontrato, dopo pochi metri, il figlio Orazio, ancora troppo giovane per vagare da solo in giro per i boschi con un fucile in mano. Rocco, che era stato posto nei pressi dell'oste, in maniera che gli potesse fare da badante, vista la scarsa esperienza di caccia del maestro, dopo essere stato fermo per qualche tempo, si avvicinò verso la postazione di Furmine.

«Anvedi le tracce!» aveva sussurrato Furmine a Rocco.

«Vorpe, guarda le orme!» e annusando l'ambiente aveva continuato: «Te rendi conto der fetore, lo senti com'è forte?» Rocco non percepiva niente e neanche distingueva nulla, mentre qualche sparo già si sentiva e qualche scoiattolo fuggiva impaurito. I cacciatori sparavano spesso anche a questi piccoli roditori ma, per fortuna, Furmine sembrava disinteressarsene. Procedettero su uno strato di fogliame e sterpi rinsecchiti, dove s'intravedevano delle macchie più chiare. Furmine si arrestò di fronte a un denso groviglio, senza fretta ne allontanò le frasche e bisbigliò:

«Anvedi!»

Rocco scorse una sorta di cartoccio di fogliame, e domandò con lo sguardo. Alla maniera di un ladro di polli Furmine sussurrò:

«Galletti!»

«Ah!» rispose il maestro.

«Questi te li fai cotti in olio, prezzemolo, aglio e peperoncino, da soli o come contorno.»

«Sono commestibili?» domandò Rocco.

«Nooo, mica se li famo stasera a cazzo de cane. Li famo rosolà in padella in mezzo a la carne tajata e infarinata, cor burro e a flambé cor cognac. Sale, pepe, ner forno bello cardo, cor trito de prosciutto e poi me dici se te piace!»

Nel sottobosco, all'improvviso, si sentì un rumore di rami spezzati, mentre l'abbaiare dei cani giungeva misto a qualche colpo di doppietta. Sembrava un animale di grossa taglia, forse un orso marsicano, oppure l'ultimo cinghiale dei Simbruini, magari una grossa lupa inseguita dai cani bastardi di uno dei cacciatori, a sua volta supportato dal capo caccia. Il rumore com'era venuto, così passò veloce, inseguito da colpi di fucile, come se qualcuno si divertisse a sparare al nulla. Rocco guardava tra gli alberi, oltre ai faggi, agli abeti rossi, alle querce, ai tassi e agli aceri montani, senza riuscire a distinguere cosa stesse accadendo. Don Giovanni la prima impallinata l'aveva ricevuta alla schiena, ma il suo cappotto pesante gliela aveva attutita, mentre il suo cane era stato abbattuto al secondo colpo. La ferita gli aveva impedito di rispondere al fuoco e quindi aveva accelerato il passo, sfruttando il riparo degli alberi. La minaccia era alle sue spalle, ma dopo qualche centinaio di metri un colpo al volo gli venne dal lato destro. Fortuna volle che il tiro venisse da lontano e che la maggior parte della rosa andò persa contro la corteccia degli alberi circostanti. La sua salvezza era davanti a lui, arrivato al margine del bosco avrebbe trovato suo figlio Alvaro e allora la cosa si sarebbe trasformata in un vantaggio per lui. In ogni modo, il lupo scappa sempre verso il basso. Mentre proseguiva il suo cammino incessante, Giovanni ricevette una rosa di pallini alla gamba sinistra, proprio poco sotto il suo pastrano, nel preciso istante in cui era emerso dal bordo sottostante di una fascia di cespugli, accanto a una stretta striscia di rovi. Adesso aveva il fiato corto, con scarse camminate frettolose Giovanni si arrischiò in una zona pianeggiate, si fermò assolutamente stabile per esigui istanti, cercando all'orizzonte il figlio, fece di nuovo qualche metro, si arrestò un'altra volta e dopo, con un misero movimento, si tuffò fuori dal bosco. L'ultimo colpo lo prese in pieno viso, provocandogli ferite così gravi da frammentare il suo cranio. Così finì "O' malommo"

«Calma, amici miei,» obiettò don Bartolommeo; «poìché io teng imparàt onestamènt e' cosà song debitorè. Accompagnatèm ncopp'o' mie giacigliò, pecché me pare e' nun reggèrm in piedì, e statè serenì pèrché, in ognì casò, pure ra mortò, nun dimentichèrò e' volèrv bbene e pure ra làssù, provvedèrò a' vostri bisognì.»

Le oneste persone, sincere realmente erano Nannina e la figlia Assuntina, lo adagiarono sul proprio giaciglio, per poi misurargli la febbre e chiamare il dottore. La casa sembrava cadere in una sorta di placida incoerenza, per poi risvegliarsi un attimo quando venne il medico, che visitatolo approfonditamente, non rimanendo per nulla contento di quanto aveva costatato, disse che bisognava aspettare che i medicinali facessero effetto, perché in caso contrario sarebbe stato meglio ricoverarlo all'ospedale di Alatri. Don Bartolommeo ascoltò le parole del dottore con spirito sereno; ma non fu la stessa cosa per la governante e la figlia, che iniziarono a disperarsi come se il loro caro fosse già privo di vita. Secondo il medico, erano stati il freddo e le emozioni durante la caccia ad aver provocato uno stato di prostrazione e un pericolo di polmonite. Don Bartolommeo chiese di vedere il parroco, che fatto avvertire mandò al suo posto don Carlo, perché anche lui allettato con la febbre. Infine ricevette tutti i sacramenti, ma prima di uscire il sacerdote volle incontrare il maestro, che era ospite pagante in quella casa, dal primo giorno del suo arrivo al paese. Si chiusero nella stanza di Rocco, così avvenne uno strano colloquio, dove, come spesso avviene, nulla fu detto di essenziale, ma tutto s'intuì, perfino l'inconfessabile. Prima di darvi conto del colloquio tra il viceparroco e il maestro è bene però raccontarvi di quello che stava accadendo nella caserma dei carabinieri. Tre giorni prima era avvenuto l'incidente di caccia, ma il maresciallo era subito intervenuto nella speranza di capire gli eventi e individuare gli eventuali responsabili. Il corpo di Giovanni Pasini fu trasportato immediatamente ad Alatri per tutti gli accertamenti possibili, compresa l'autopsia, mentre il maresciallo Altamura si era fatto immediatamente un'idea degli accadimenti. Aveva interrogato tutti i cacciatori, senza tener conto delle sue conoscenze e simpatie, si era addentrato nelle indagini con cipiglio serio e professionalità. Aveva, davanti a se, una bozza degli appostamenti e, sinteticamente riassunti, i luoghi e i personaggi coinvolti, perché tra quelli si celava l'omicida o gli assassini.

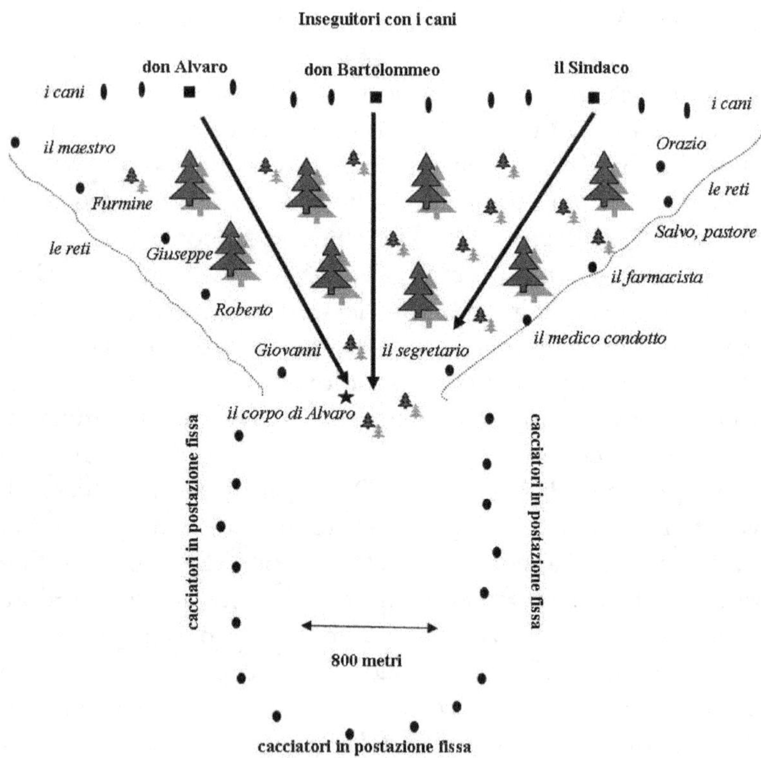

La risposta a ogni sua domanda era disegnata proprio su questa mappa, infatti, aveva iniziato a esaminare la posizione del sindaco, accanto a quella di suo figlio Orazio, cui aveva imposto di non sparare fino al suo arrivo. Inoltre gli aveva messo a fianco il pastore Salvo, l'uomo più esperto che aveva, proprio per evitare qualunque possibile disguido. Lungo il percorso, il sindaco si era organizzato per appostarci amici e persone sicure, per avere la certezza che niente fosse lasciato al caso, infatti, dopo il pastore c'era il farmacista, il medico condotto e per ultimo il segretario comunale, il suo uomo più fidato. Non tra questi uomini, si celavano gli assassini. Dall'altra parte c'erano il maestro e l'oste, che però erano stati insieme per tutto il tempo e più che cacciare, avevano raccolto funghi, mentre Rocco due soli colpi aveva sparato, ma verso l'alto, solo per provare il fucile, senza neanche mirare ad animali o uomini. Venivano poi Giuseppe e Roberto, padre e fratello di Maria, e proprio per questo voluti da Giovanni in segno di rispetto. Per ultimo la vittima aveva piazzato suo figlio, carne della sua carne, quindi la persona più sicura. Il maresciallo si era fatto l'idea che il primo colpo glielo avesse sparato Giuseppe o suo figlio Roberto, il secondo colpo, proveniente dalla parte opposta, probabilmente glielo aveva tirato don Bartolommeo, infatti, era un colpo preciso, fatto da lontano. L'ultimo colpo, quello a corta distanza, sparato direttamente sul viso, devastante e mortale negli effetti, il maresciallo pensava che fosse stato proprio Jesi, il pastore. Ora si trattava di trovare i moventi e poi, in seguito, le prove. Roberto poteva aver sparato perché credeva che Giovanni avesse ucciso sua figlia Maria. Don Bartolommeo poteva aver sparato perché lo considerava la spia che, durante la guerra, lo aveva denunciato ai tedeschi. Il pastore Jesi poteva averlo ucciso perché lo riteneva l'assassino di Maria, nonché il mandante del furto di pecore subito qualche tempo fa. Il suo interrogatorio non era ancora avvenuto, ma i carabinieri lo avevano fermato a Fiuggi. Imminente era anche l'arrivo del capitano dei carabinieri Antonio Spata, atteso nei prossimi giorni. Il metodo Gasti, per l'identificazione delle impronte digitali, era già attivo dai primi anni del novecento e si stava perfezionando di anno in anno, così come gli esami balistici. Ritorniamo ora al colloquio in corso tra il maestro e don Carlo.

«Vedete signor maestro, don Alessandro si è raccomandato di avvertirvi che vostro zio sta per raggiungervi e con una bella notizia. Si tratta del vostro trasferimento, finalmente il provveditorato ha dato l'assenso perché ritorniate a insegnare in Romagna, dalle vostre parti. Siete contento?»

Il maestro sorrise e il viceparroco proseguì il suo discorso.

«Don Alessandro si è premurato di farvi riflettere sulla situazione che lasciate qui in paese. Voi sapete a chi mi riferisco in particolare!»

«Rassicurate don Alessandro, perché sarà mia attenzione fare in modo che, la persona interessata, possa raggiungermi, a breve, nel luogo dove sarò trasferito, così come già concordato con mio zio Filippo, che è già al corrente dei fatti!»

«Solo un uomo che riconsegna alla donna la sua fedeltà, dichiarata e giurata davanti al divino e agli uomini senza falsità e illusorie promesse, compie il suo dovere.»

Il sacerdote con un sorriso stese la mano a Rocco e alzandosi sembrò voler finire il loro colloquio.

«Un'ultima domanda, prima di andare, avete per caso visto il maresciallo e saputo se ci sono novità?»

Rocco lo guardò dritto negli occhi e rispose senza pensare a quello che stava dicendo, come se al suo posto parlasse una coscienza che non faceva sconti a nessuno.

«E anche questo lo vuole sapere don Alessandro?»

Negli occhi dei due si comprese, che ognuno di loro era a conoscenza dei segreti altrui, anche quelli più inconfessabili.

ONTOLOGIA

I padroni della menzogna in questo momento diventano taciturni, si è incendiato un nuovo canto di cui tutti conoscono il testo e l'autore. Ebbene mentre il suono della melodia si spande intorno, si fa il silenzio, perfino per quello che nel paese è il più feroce assassino. Il sonno eterno ha dato inizio alla propria svogliata, pigra armonia. Il criminale si guarda le sue mani, mentre recita tra se ogni singola strofa; quando il grammofono termina il suo percorso, basta spostare la puntina nel solco iniziale per riavviare dal principio il brano musicale. Egli sa perfettamente che, in quel ripetersi infinito, lui cerca la soluzione dei suoi tormenti e la via per riappacificarsi con le sue paure.

> *«Quanno se dice "Sì", tiènelo a mente,*
> *Nun s' ha da fá murì nu core amante.*
> *Tu mme diciste "Sì" na sera 'e maggio,*
> *e mo tiene 'o curaggio 'e mme lassà!»*

Indolente egli sussurra l'avvenuta scomparsa di una persona cattiva. Al piano di sotto si sente una presenza, qualcosa, chiusa nella stanza da letto, nel suo dolore per il suo sentimento perso per sempre. L'assassino dalla finestra guarda lontano oltre la valle, in direzione della capitale, cercando di capire quando muoversi verso la città. Non subito, con calma, una volta superati tutti i legacci che li tengono fermi, allora, solo in quel tempo si sarebbero trasferiti verso il capoluogo. Nell'attesa egli continua a parlare con l'istinto della morte, così come canta alla fine di ogni strofa.

«Sono in questo luogo e devo catalogare: tutto il materiale che è qui posto davanti al mio occhio! Ascolto le parole di questa melodia, ma forse altre persone la stanno ascoltando. Il tuo corpo se n'è andato, la tua esistenza messa definitivamente fuorigioco, ma tu, ammettilo, Giovanni, mai hai pensato alla morte, e sono stato proprio io a spedirti in cielo, ma quando hai capito e visto chi ero, ti sei fatto primitivo, ancor più rabbioso sei fuggito lontano, come un cinghiale di fronte al verro. Ti ho ucciso, durante la battuta di caccia, perché avevi scoperto chi aveva assassinato Maria e mi volevi denunciare. Non hai pensato ad arrenderti, anzi cosa hai voluto fare? Arrancavi affannosamente intorpidito nella brutalità, e tale fitta che ti apparteneva, in nessun caso si è smorzata, tuttavia non è risultata utile, infatti, prima di farla finita, l'hai compresa; l'inutilità della cosa, mentre giungeva l'ultimo attimo futile con la Signora che ti stornellava una mielata melodia, pronta a infilarti alla gola un cappio che ti strangolava. Io sono l'eternità e la reale salda robustezza, mentre, in fondo, sei stato proprio tu a cedere alla mia forza.»

L'assassino torna a guardarsi le mani e osserva con estrema cura le sue possibilità di successo; egli sa perfettamente quante sono le eventualità che nessuno possa giungere alla verità assoluta. Un unico testimone, una sola piccola falla e ogni cosa sarebbe perduta, ma perfino un pubblico può essere ingannato.

«Appressatevi, accostatevi affinché ognuno possa scrutare, osservare, Giovanni, in quale baratro fondale è ormai disteso, addirittura è mia intenzione fornirvi tutti gli elementi per farvi giungere a ridosso del giusto cammino.»

L'assassino è di fronte a voi. Giovanni strilla, ma in un lampo il suo viso scompare, il suo volto esplode, il suo corpo e le sue membra si sciolgono dalla vita. L'assassino veloce torna al suo posto, nessuno in apparenza l'ha visto compiere il suo gesto di protesta, mentre gocce salate di sudore s'infilano fra le sue labbra affette da cheilofagia, a condizione che non gridi di paura, perché è importante riuscire a conservare la dentatura tanto sigillata da evitare ogni più flebile zigare. Resta un mistero, la forte fibra di un uomo come Giovanni! Quel suo gloglottare anche quando, colpito a morte, gorgogliava con il suo sangue in gola.

Nello stesso paese, ma distante, a ridosso di un edificio importante, sta un altro uomo vestito di scuro, seduto sul bordo del suo letto, anche lui con lo sguardo concentrato su un punto dell'orizzonte, anche lui in procinto di fuggire, non verso Roma, semmai lui pensa a Terracina.

«Provo dolore, tormento!»

A noi sembra di sentire queste parole, gliele riusciamo a leggere anche senza guardargli le labbra.

«In siffatto luogo preciso sono giunto, che io sono in questo tempo e parlo con me. Che mi piacciono gli uomini, proprio a me che ho giurato di strangolare l'animale tossico che mi alita intorno. Non sogno i bambini, ma bramo gli adulti, non tutti i maschi, soltanto uno. Quando è iniziato il tutto? Quando è stata la prima volta che ho desiderato un uomo e non una donna? Nello sguardo del maestro ho compreso che lui aveva capito. Ho confessato i peccati altrui, ora non mi rimane altro che resistere ai miei. Non mi sento straziato a sufficienza? Non sono informato di altre persone che sentano così forte il desiderio di cambiare clima per tornare a respirare aria pulita, lontano da infelicità e povertà di spirito?»

L'uomo sapeva benissimo che altri, prima di lui, si erano poste le stesse domande, si trattava di resistere quanto bastava, ma quel giorno vinse il demonio. Uscendo si diresse con la gola arsa di desiderio verso l'origine del suo male, incontro a una disperata sconfitta. La disfatta gli venne incontro a ridosso del paese, mentre si faceva buio e nessuno era in giro. L'uomo in divisa, dopo averlo notato, si allontanò dal cono di luce e si spinse verso il buio e le ombre. Quando il giovine gli venne incontro, il milite gli rivolse la parola.

«Allora, vogliamo andare nel bosco?»

Dopo questa frase, il giovine prese un'espressione ottusa, e l'uomo in divisa capì che considerava i suoi attributi oltre la misura consentita per una delle sue prime esperienze. In quel momento il milite gli avrebbe voluto dire che ce ne erano di più grandi, e immediatamente s'inoltrarono verso un luogo ben preciso. Il giovine, quando lo vide, avrebbe voluto sostenere che, in effetti, era abbastanza grande, ma essendo rimasto inutilizzato per diverso tempo senza alcuna sollecitazione, bisognava fare con accortezza. L'uomo in divisa, una volta raggiunta una piccola radura nel bosco, disse che il luogo sarebbe andato benissimo, e che nessuno li avrebbe visti. Il giovine non aprì bocca, ma assunse un'espressione seria e melanconica. Il milite gli chiese che cosa fosse quella faccia, e il giovine gli rispose con una domanda.

«Quando è che vai via? Già sai, dove ti mandano?»

«Tra pochi giorni. Credo in Romagna, forse a Faenza!»

Dopo questa risposta il giovine si palesò eccitato; prese un testo sacro che era solito portare con sé, lo strinse forte tra le sue mani agitate, e lo porse al milite.

«Che cosa devo farne?» gli domandò lui.

«Giura, che ci rivedremo!»

«E perché mai dovrei mentirti?» rispose il milite. E l'altro, senza perder tempo lo abbracciò.

«Perché tu vai via per sempre! Prenderai le tue cose, e non ci vedremo più! »

Articolava le frasi con tanta intensità, che il milite intravide spuntare delle lacrime negli occhi del giovine. In conclusione, il suo profondo amore e la sua ben salda determinazione furono talmente chiari e palesi, che il milite gli disse che se veramente il giovine anelava legarsi a lui non lo avrebbe mai cacciato via. Al termine di tale conversazione, dopo aver verificato il sentimento, che per entrambi era intimamente tenace, e che alcuna causa lo avrebbe mai dissolto, il milite e il giovine si abbracciarono. Entrambi capirono che non vi era nulla da fare o da pianificare e che, in fondo, non avevano la benché minima volontà di realizzare. Il milite sarebbe partito per la nuova destinazione, mentre l'altro, il giovine, si sarebbe allontanato verso il litorale seguendo la sua vocazione. Si amarono per l'ultima volta.

È TEMPO DÌ ANDARE VIA

Sul limitare della macchia non si percepiscono parole antropiche; ma si coglie il rumore della pioggia primaverile. Il viso del maestro si fa attento, scroscia sul peccio e sul faggio selvaggio; dopo poco quell'acqua fresca viene a lavare il suo viso. Le lacrime della montagna lo salutano per l'ultima volta e si mischiano alle ciglia brune di Giulianella, perché la vetta più alta erige un evento raro per far obliare quella sorta di sogno che li ha gabbati. Quel loro eterno ultimo abbraccio consolida i nostri pensieri; la sensazione che sia stata tutta una nostra illusione. La promessa rimane. La condizione sociale tra i due è evidente, ma la donna ha un'intelligenza fervida, saprà adattarsi? Resta in Rocco il timore del tronco e del macigno, lo sgomento della massa, del tendine squarciato, dei muscoli mozzati, l'angoscia del riverbero, l'orrore della roccia che serrerà il suo uscio, lo sbigottimento della corrente e dei richiami, il panico del rapace che sazia, il terrore della persona prepotente che scorge i resti umani, il batticuore che Giovanni sia estinto e che in ogni tarda serata verrà lo spavento che lui lambisca il suo volto e lo sfiori mentre riposa nel suo letto. Il maestro confinato in questo paese per aver insegnato che i nostri discendenti erano stati esiliati nel continente nero per tantissimo tempo, durante il quale si disgiunsero dagli antenati delle scimmie. Rocco sta immemore davanti all'entrata della corriera per qualche attimo. Sembra osservare qualcosa di essenziale; non il panorama circostante, non il di dentro del pullman, neanche le persone intorno a lui, ma qualcosa del tutto differente. Probabilmente osserva i gradini da risalire, oppure i lacci delle sue calzature. In seguito, all'incirca un attimo dopo che il portellone faccia un "dranghete" onomatopeico, tutto ha fine. Il maestro, ormai non più nuovo, si affaccia al finestrino, così come il primo giorno in cui è arrivato.

«Adduve vai?» sembra gridargli Giulianella, mentre il maestro gli sorride e gli lancia un bacio, infine, unicamente quiete. Non resta altra cosa che la serenità. Il monte luccica di tinte tra le più varie. Innanzi al loro sguardo si stendono enormi distese di campi, grandiosi dirupi, e la torre campanaria, irregolare e spoglia. La brezza spira delicata nella quiete sulla scilla bifolia, sulla peonia dai colori accesi e sul tenero iris.

«Cercavo una riva calma e cosa ho trovato?» disse il maestro.

«Con la brezza così possente non basta calare le vele!» gli rispose il maresciallo seduto accanto a lui.

«E così, alla fine, andate via anche voi?» domandò Rocco.

«Che volete fare? È la vita di ogni carabiniere!» rispose il milite.

«Proprio ora che c'era da finire l'indagine sulla morte di Giovanni, con buone possibilità di far luce anche sulla morte di Maria?»

«Mio caro maestro, il capitano Spata ha ormai le idee molto chiare, sta aspettando il resoconto di un'ultima testimonianza per incriminare il nostro pastore Jesi.»

«Questa allora è l'idea che si è fatto? Che il responsabile sia il pastore?»

«Sì! Il capitano crede che sia lui l'omicida, anche se il giovane lo nega e sostiene di essere andato appresso a un gregge di pecore da portare a Fiuggi, durante la battuta di caccia.»

«Ci sono testimoni?» chiese il maestro.

«Jesi ha fatto il nome di cinque pastori che, secondo lui, l'hanno visto.»

«E allora?»

«Il capitano li ha fatti interrogare a Fiuggi. Si aspetta la risposta a momenti. Una camionetta dei carabinieri potrebbe giungere da un momento all'altro con l'esito finale.»

«E voi, maresciallo, non siete curioso di sapere?» gli chiese il maestro.

«No, non me ne importa nulla!»

La corriera aveva intrapreso la sua corsa verso il piano, scendeva tagliando le svolte e strombazzando a ogni curva, mentre i timpani dei passeggeri, lentamente si andavano stappando per via dell'altitudine. La strada, lungo la sua intera estensione, sembrava essere stata riaggiustata; sulla sinistra un piccolo fosso di scolo rendeva sicuro lo svogliato scorrimento dell'acqua piovana. In alcuni punti si poteva notare il tentativo di allargare la sede stradale, scavando nella roccia e riconsegnando alla via la sua giusta dimensione. In alto si poteva notare il collocamento di alcuni tratti di rete metallica, proprio per evitare lo smottamento del pietrame, portato a valle nel momento dello scioglimento della neve. Il lato opposto, verso la vetta, si esibiva con più numerose complessità all'utilizzo campestre. Diverse sorgenti transitavano a ridosso della carreggiata e sfociavano in quello che sarebbe diventato il Teverone; verso le giogaie montane il suolo declinava, ma non sembrava sufficiente ad affrancare la strada dall'acqua piovana.

«Avete fatto in tempo a salutare don Bartolommeo e gli altri vostri amici?» chiese il maresciallo al maestro.

«Sì! Ho fatto tutte le cose come andavano eseguite. Il nostro assessore è convinto che a uccidere Maria sia stato Alvaro, il figlio di Giovanni, e che l'abbia scagliata nel vuoto perché non lo voleva sposare, dopo averlo visto uccidere Salvo, il procacciatore d'affari, spingendolo nel fosso, perché lo stava ricattando per via dei furti di pecore commissionati da Alvaro, fatti anche nei confronti di Jesi. Maria, secondo don Bartolommeo, gli aveva chiesto di non sposarla, in cambio del suo silenzio, perché lei amava Jesi, ma l'uomo deluso dal comportamento di Maria, che riteneva una sorta di Madonna e non sicuro che il suo segreto fosse ben custodito la segue mentre va a fare legna e la getta nel vuoto. Lei prima di morire stringe nel suo pugno un bottone dove è sovrimpressa una fiamma, quella del suo amore per Jesi. Maria il bottone lo aveva trovato per caso e raccolto in prossimità delle stalle della parrocchia, dove proprio voi maresciallo lo avevate perso, mentre eravate andato a trovare il parroco.»

«È vero, perlomeno questa cosa del bottone!» disse il maresciallo.

«Dopo qualche mese è il cadavere di Giovanni a venire ritrovato, questa volta ucciso da una scarica di pallettoni durante una battuta di caccia, dove c'ero anch'io. Credo che il figlio Alvaro, secondo le mie osservazioni, abbia ucciso il padre quel giorno, perché aveva scoperto chi aveva assassinato Maria e lo voleva denunciare.»

«E le prove di tutta questa ricostruzione?» sussurrò sorridendo il maresciallo.

«Nessuna prova! Soltanto un'idea, frutto delle tante chiacchiere, fra me e don Bartolommeo, durante le nostre serate invernali.»

Il maestro stava terminando di parlare, proprio quando una camionetta, risalendo la strada, incrociò la marcia della corriera. I due uomini la guardarono, mentre i tre carabinieri a bordo scomparvero subito dopo. Quel mezzo stava portando la libertà o la condanna di un uomo. Il giorno allontanò la polvere della strada con uno stridore denso e asciutto. Non c'era più chiarore, a questo punto, in nessun paese lungo la via. Per un breve istante Rocco percepì di nuovo il tremore lieve e intimo di quei neri occhi, di quei capelli corvini, di quelle forme racchiuse in panni così severi.

Chi è il vero nemico dell'uomo? Un diavolo che forse non esiste oppure la stessa razza umana? L'unica realtà assoluta è che dopo tanti anni, il presunto assassino sarà ricordato come uno dei fondatori della banda criminale più sanguinosa operante nella Capitale, un consorzio delinquenziale che, ben oltre il duemila, risulterà essere ancora attivo e il cui nome ancora oggi mette paura. Se v'interessa veramente conoscere il nome dell'assassino, digitate, in un qualunque motore di ricerca su internet, il nome del paese insieme con quello della banda criminale. Vi compariranno, immediatamente, il nome esatto dell'assassino e la sua biografia. Dedico queste poche righe alla mia Maria, regina incontrastata dell'innocenza, che ho avuto l'ardire di incontrare una sera lontana, a ridosso di una scalinata che, poi, ho perso per il resto della mia vita.

www.ingramcontent.com/pod-product-compliance
Lightning Source LLC
Chambersburg PA
CBHW060334310726

48976CB00007B/2550